국어과 선생님이 뽑은

한국문학읽기
한국고전읽기
세계문학읽기

국어과 선생님이 뽑은 톨스토이 단편선

사람은 무엇으로 사는가 & 바보 이반

dskimp2004@yahoo.co.kr 엮음

북·앤·북

국어과 선생님이 뽑은 **톨스토이 단편선**
사람은 무엇으로 사는가 & 바보 이반 외

초판 1쇄 | 2008년 9월 15일 발행
초판 5쇄 | 2018년 3월 15일 발행

지은이 | 톨스토이
옮긴이 | 박형규
엮은이 | dskimp2000@naver.com
교　정 | 이정민
디자인 | 인지숙
일러스트 | 이혜인 · 최유경
펴낸이 | 이경자
펴낸곳 | 북앤북

주소 | 경기도 고양시 일산동구 산두로 128. 909동 202호
전화 | 031-902-9948
팩시밀리 | 031-903-4315
등록 | 제 313-2008-000016호

ISBN 978-89-89994-46-6 03890
잘못된 책은 구입하신 서점에서 바꾸어 드립니다.

이 책에 수록된 작품은 〈동서 그레이트북〉 시리즈로
번역된 것을 개정 · 편집하였으며 표기는 '한글 맞춤법' 과
'외래어 표기법' 을 따랐습니다.

사람은 무엇으로 사는가 & 바보 이반을

 _____ 에게 드립니다

국어 선생님이 뽑은
세계문학 읽기
❹

톨스토이
사람은 무엇으로 사는가 · 바보 이반 外

차
례

나는 다음과 같은 것들을 깨달았다.

모든 사람은 자신만 생각하고

걱정하며 살아가는 것이 아니라

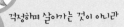

사랑으로 살아가는 것이다.

사람은
무엇으로 사는가

사람은 무엇으로 사는가

1

한 구두장이가 아내와 자식을 데리고 어느 농가에 세들어 살고 있었다. 집도 땅도 없이 구두를 만들고 고치는 것으로 생계를 꾸려가고 있었다.

빵값은 비싸고 품삯은 헐하여 버는 것은 모조리 먹는 데 들어갔다. 구두장이는 아내와 번갈아 입는 모피 외투를 한 벌 가지고 있었는데 그것마저도 다 낡아 누더기가 되었다. 그래서 이미 2년 전부터 새 모피 외투를 만들 양가죽을 사야겠다고 벼르고 있었다.

가을이 되자 구두장이는 약간의 여유가 생겼다. 3루블의 지폐가 아내의 지갑 속에 들어 있었고, 또 마을 농부들에게 받아야 할 외상값이 5루블 이십 코페이카나 되었다.

그래서 구두장이는 아침 일찍부터 양가죽을 사기 위해 마을에 갈 채비를 했다. 그는 아침 식사를 마치자 아내의 면내의를 껴입고 그 위에 낡은 모피 외투를 걸친 다음
3루블의 지폐를 호주머니에 넣고 나뭇가지를 하나 꺾어 지팡이 삼아 집을 나섰다. 외상값 5루블을 받아 3루블을 보태서 양가죽을 살 생각이었다.

구두장이는 마을에 당도하여 한 농부의 집을 찾아갔는데 주인이 없었다. 그의 아내는 일주일 안으로 주인 편에 돈을 보내겠다고 하며 돈을 갚지 않았다. 또 다른 농부에게로 갔으나 그는 돈이 한 푼도 없다고 딱 잘라 말하고 장화를 고친 값으로 이십 코페이카만 주었다. 어쩔 수 없이 구두장이는 양가죽을 외상으로 사려고 했으나 가죽장수는 외상을 주려고 하지 않았다.

"돈을 가지고 와요. 그러면 마음에 드는 걸로 줄 테니까. 외상값 받아내는 게 얼마나 힘이 드는지 원."

이렇게 구두장이는 겨우 구두 수선비 이십 코페이카를 받고, 어느 농부에게서 낡은 털장화를 수선하는 일만 맡아 돌아오게 되었다.

구두장이는 속이 상해서 이십 코페이카를 털어 보드카를 마셔버린 다음 양가죽도 사지 못한 채 집을 향해 걷고 있었다. 아침에는 좀 추운 것 같았는데 한

잔 마시자 몸이 후끈거렸다. 그는 한 손으로는 지팡이로 울퉁불퉁 언 땅을 두드리고 한 손으로는 털장화를 휘두르면서 중얼거렸다.

"젠장, 모피 외투 같은 거 입지 않아도 견딜 만하군. 작은 병으로 하나 마셨는데 온몸의 피가 달음박질치는구먼. 모피 외투 따윈 필요 없을 정도야. 아암, 아무렇지도 않아. 모피 외투 따윈 없어도 살 수 있어. 그런 건 한평생 필요 없어. 헌데 마누라가 가만있지 않을 거야. 그게 마음에 걸려.

나는 죽어라 일하는데 그자들은 날 우습게 본단 말이야. 가만 있자, 이번에도 돈을 내놓지 않으면 모자를 잡아 벗기고 말테다. 암, 그렇게 하구말구.

정말 이게 뭔 짓들이야? 이십 코페이카로 대체 뭘하라구? 술이나 마실 밖에 없잖은가 말이야. 당신들이 어렵다고 하지만 그래, 난 어렵지 않은 줄 알아? 당신들은 집도 있고 소도 있고 말도 있지만 나는 알몸뚱이야. 당신들은 당신들이 만든 빵을 먹지만 나는 사서 먹어야 한다고. 아무리 몸부림을 쳐보아야 일주일에 빵값만도 3루블은 치러야 돼. 집에 돌아가면 빵도 없을 테니 또 1루블 반은 써야 해. 그러니까 당신들도 내 돈을 갚으란 말이야."

이윽고 구두장이는 길모퉁이의 교회 근처까지 왔다. 교회 뒤에 무엇인가 허연 것이 보였다. 구두장이는 찬찬히 보았지만 이미 날이 어두워 무엇인지 알아볼 수가 없었다.

'저기에 저런 돌 같은 건 없었는데, 혹시 짐승인가? 그런데 짐승 같지도 않아. 머리는 사람 같은데 사람치곤 너무 희군. 그리고 사람이 저런 데 있을 리가 없지.'

좀더 다가갔다. 물체가 똑똑히 보였다. 그런데 이게 웬일인가! 사람은 사람인데 살았는지 죽었는지 알몸으로 교회 벽에 기대어 앉은 채 꼼짝도 하지 않았다. 구두장이는 무서운 생각이 들었다.

'누가 사람을 죽이고 옷을 벗겨 여기 내버린 모양인데. 너무 가까이 다가갔다가는 나중에 무슨 변을 당할지 몰라.'

그래서 구두장이는 그냥 지나쳐 갔다. 교회 모퉁이를 돌았다. 사나이의 모습은 보이지 않게 되었다. 구두장이는 모퉁이 너머로 고개를 내밀고 살펴보았다. 사나이는 벽에서 떨어져 움직이기 시작했다. 어쩐지 이쪽을 보고 있는 것 같았다. 구두장이는 더럭 겁이 나서 이렇게 생각했다.

'가까이 가 볼까, 그냥 갈까? 혹시 갔다가 무슨 봉변이라도 당하면 큰일이지. 저놈이 누군지 어떻게 알

아. 좋은 일을 하고서 이런 데 왔을 리는 없겠고 가까이 가기가 무섭게 덤벼들어 날 목 졸라 죽일지도 몰라. 그렇게 되면 꼼짝 없이 당할 수밖에. 설령 목 졸라 죽이지 않더라도 험한 꼴을 당할 건 뻔해. 저 벌거숭이를 어쩐다? 내가 입고 있는 것을 홀랑 벗어 줄 수도 없고. 에이, 그냥 지나쳐 가자, 제기랄!'

그렇게 생각하면서 구두장이는 걸음을 재촉했다. 교회 건물을 거의 다 지나자 양심이 고개를 쳐들었다. 구두장이는 한길 복판에서 발을 멈추고 혼잣말을 했다.

"도대체 너는 뭘 하는 거냐. 세몬?"

"사람이 재난을 만나 죽어가고 있는데 너는 겁을 집어먹고 슬쩍 도망치려 하고 있다. 네가 뭐 큰 부자라도 되느냐? 가진 물건을 빼앗길까봐 겁이 나냐? 세몬, 그건 옳지 않은 일이다!"

결국 세몬은 사나이에게로 되돌아갔다.

2

세몬은 그에게로 다가가 자세히 살펴보았다. 아직 젊은 사나이여서 힘도 있을 듯하고 몸에 얻어맞은 흔적도 없었다. 다만 추위로 몸이 꽁꽁 얼어 말을 듣지 않는 모양이었다. 벽에 기대 앉은 채 세몬 쪽을 보려고도 하지 않았다. 쇠약해질 대로 쇠약해져 눈을 뜰 수도 없는 것 같았다.

세몬이 다가가자 사나이는 그제야 정신이 든 듯 고개를 돌리고 눈을 떠 세몬을 바라보았다. 사나이의 눈빛이 세몬의 가슴을 파고들었다. 그래서 털장화를 땅바닥에 내동댕이치고 허리띠를 끌러 그 위에 놓고는 외투를 벗었다.

"이러고 있으면 큰일 나오! 자아, 이걸 입어요! 자!"

세몬은 사나이를 부축하여 일으켰다. 사나이는 일어섰다. 자세히 보니 깨끗한 몸에 손도 발도 거칠지 않았고 기품 있고 잘생긴 얼굴이었다. 세몬은 그의 어깨에 외투를 걸치고 입혀주려 했으나 팔이 소매 속으로 잘 들어가지 않았다. 세몬은 두 팔을 끼워 주고 옷자락을 잡아당겨 앞을 여민 후 허리띠를 매주었다. 헌 모자도 벗어 벌거숭이 사나이에게 씌워주려고 했으나 숱 없는 머리가 썰렁했다.

'나는 민머리지만 이 사람은 긴 고수머리가 덥수룩이 자라 있잖아.'

이렇게 생각하곤 도로 모자를 썼다.

'그보다도 이 젊은이에게 신을 신겨 줘야겠군.'

구두장이는 사나이를 앉히고 털장화를 신겼다.

"이제 됐네. 자, 이번엔 좀 움직여서 언 몸을 녹여야지. 자네 걸을 수 있겠나?"

사나이는 멀거니 서서 감격한 듯한 표정으로 세몬의 얼굴을 바라보고 있었으나 말은 하지 않았다.

"왜 대답을 하지 않나? 이런 데서 겨울을 날 셈인가? 집으로 돌아가야지. 자, 여기 지팡이가 있으니까 몸이 말을 듣지 않거든 이걸 짚게. 자, 자, 걸어요, 걸어!"

그러자 사나이는 걷기 시작했다. 뒤처지지도 않고 잘 걸었다.

두 사람이 나란히 걷게 되자 세몬이 물었다.

"자네, 대체 어디서 왔나?"

"저는 이 고장 사람이 아닙니다."

"이 고장 사람이면 내가 알지. 그래, 왜 이런 데까지 왔나? 교회 근처까지 말이야."

"그건 말씀드릴 수 없습니다."

"틀림없이 어떤 나쁜 놈들이 이런 짓을 했겠지?"

"아무도 저를 혼내지 않았습니다. 저는 신의 벌을 받았지요."

"그야 만사가 신의 뜻인 것은 맞는 말이네. 그렇더라도 어디 좀 들어가 쉬어야 할 텐데. 자네 어디로 갈 건가?"

"저는 갈 곳이 없습니다. 어디든 마찬가지입니다."

세몬은 조금 놀랐다. 불한당 같지도 않고 말씨도 공손한데 자신의 신상에 대해서는 이야기를 하려고 하지 않았다. 그야 물론 세상에는 말 못할 일이 많기도 하지.

그는 사나이에게 말했다.

"어때, 우리 집에 가는 게? 몸을 녹일 수는 있으니까."

세몬은 집을 향해 걸었다. 낯선 사나이도 머뭇거리지 않고 나란히 따라 걸었다. 찬바람이 세몬의 옷 속으로 파고들었다. 술이 차차 깨면서 추위를 느꼈다. 세몬은 코를 훌쩍거리며 몸에 걸친 아내의 내의 앞섶을 여미고 걸으면서 생각했다. 아니 이건 도대체 어떻게 된 일이야. 모피 외투를 마련하러 갔다가 입고 있던 외투마저 벗어 주고 벌거숭이 사나이까지 거느리게 됐으니……. 이거 마트료나가 야단일 텐데!

마트료나를 생각하자 세몬의 마음이 우울해졌다. 그러나 옆의 낯선 사나이를 쳐다보고 교회 뒤에서 이 사나이가 자기를 쳐다보았던 눈빛을 떠올리자 마음이 따뜻해졌다.

3

세묜의 아내는 일찌감치 일을 마쳤다. 장작을 쪼개고 물을 긷고 아이들과 같이 저녁 식사도 마친 다음 생각에 잠겼다. 빵 굽는 일을 오늘 할까, 내일로 미룰까. 아직 빵은 큰 것이 한 조각 남아 있었다.

'세묜이 점심을 먹고 온다면 저녁은 그리 많이 먹지 않겠지. 그럼 내일 빵은 이것으로 충분한데.'

마트료나는 빵 조각을 만지작거리며 생각했다.

'오늘은 빵을 굽지 말아야겠다. 밀가루도 얼마 남지 않았으니 이걸로 금요일까지 버텨야지.'

마트료나는 빵을 치우고 테이블 옆에 앉아 남편의 옷을 깁기 시작했다. 바느질을 하면서 마트료나는 남편이 어떤 양가죽을 사올지 궁금했다.

'모피 장수에게 속아 넘어가지는 않았을까. 워낙 사람이 좋기만 하니 알 수 없어. 남은 조금도 속이지 못하지만 어린 아이한테도 속아 넘어가는 사람이니 말이야. 8루블이면 적은 돈도 아니고, 그 정도면 좋은 모피 외투를 만들 수 있겠지. 지난겨울에도 모피 외투가 없어서 얼마나 고생을 했어! 물 길러 강에 갈 수가 있나, 들을 갈 수 있나. 지금도 그렇지, 옷이란 옷은 모조리 입고 나가 버리니까 난 걸칠 것도 없잖아. 그리 일찍 떠나진 않았어도 이제 올 때가 됐는데……. 아니, 이 양반이 또 술타령을 하고 있는 것 아니야?'

마트료나가 이런 저런 생각을 하고 있는데 현관 계단이 삐거덕거리면서 누가 들어오는 소리가 났다. 마트료나가 옷감에 바늘을 꽂고 문 쪽으로 나갔다. 그런데 두 사나이가 들어오는 것이 아닌가. 세몬 옆에는 낯선 사나이가 맨발에 털장화를 신고 모자도 없이 서 있었다.

마트료나는 남편이 술을 마셨다는 것을 대번에 알았다. 그러면 그렇지. 남편은 외투도 입지 않고 내의 바람인데다 손에는 아무것도 들지 않고 말없이 서 있었다. 마트료나는 화가 치밀어 올랐다.

'그 돈으로 몽땅 마셔 버린 게 틀림없어. 알지도 못하는 건달하고 퍼마시고 한술 더 떠 집까지 끌고 왔군.'

마트료나는 두 사람을 앞세우고 뒤를 따라 들어가다 생판 모르는 젊고 빼빼 마른 사나이가 입고 있는 외투가 바로 자기네 것임을 알았다. 외투 밑에는 내의도

입지 않았는지 맨살이 드러나 보였다. 집안으로 들어온 젊은 사나이는 그냥 그 자리에 선 채 움직이지도 않고 눈도 쳐들지 않았다. 그래서 마트료나는 필경 무슨 잘못을 저질러서 겁을 먹고 있구나 생각했다.

마트료나는 얼굴을 찌푸리고 페치카 쪽으로 가 서서 두 사람의 거동을 살폈다. 세몬은 모자를 벗고 태연하게 의자에 앉았다.

"여보, 마트료나. 식사 준비를 해야지."

마트료나는 입속으로 중얼거릴 뿐 페치카 옆에 선 채 꼼짝도 하지 않고 두 사람을 번갈아 쳐다보며 고개를 갸웃거렸다. 세몬은 아내가 화난 것을 보고 하는 수 없다는 듯이 낯선 사나이의 손을 잡아 앉혔다.

"자, 앉게. 저녁을 먹어야지. 여보, 아무것도 준비하지 않았소?"

마트료나가 화가 나서 대답했다.

"왜 안 해요? 하긴 했지만 당신을 위해서가 아니에요. 보아하니 당신은 염치마저 홀랑 마셔 버린 모양이군요. 모피 외투를 마련하러 간다더니 입고 간 외투마저 이런 건달에게 벗어주고 집까지 데려와요? 당신네들 주정뱅이에게 줄 저녁은 없어요."

"마트료나, 사정도 모르면서 함부로 말하면 안 돼요. 먼저 어떻게 된 일인지 물어 보아야지."

"그런 건 알 필요도 없어요. 그래, 돈은 어디 있어요? 말해 봐요!"

세몬은 호주머니를 뒤적거리며 돈을 꺼냈다.

"여기 돈 있잖아. 트리포노프는 외상값을 주지 않더군, 내일은 꼭 주겠다고 약속하긴 했지만."

마트료나는 더욱더 화가 치밀었다. 모피도 사지 않고 단 하나밖에 없는 외투를 낯선 벌거숭이 사나이에게 입혀 집으로 끌고 와서 큰소리만 치다니.

마트료나는 테이블 위의 돈을 집어 지갑 속에 챙겨 넣으며 말했다.

"저녁은 없어요. 벌거숭이와 술주정뱅이야 어떻게 되든 말든……."

"여보, 마트료나. 말 좀 삼가해요. 내 말 좀 들으라니까……."

"당신 같은 주정뱅이에게 내가 무슨 말을 들어야 한다는 거예요. 처음부터 당신 같은 술꾼하고 결혼하는 게 아니었는데……, 어머니가 주신 피륙도 당신이 술값으로 없앴죠. 흥, 모피 사러 간다더니 그것마저 다 마시고 오고."

세몬은 아내에게 자기가 마신 술값은 이십 코페이카뿐이라는 것과 이 사나이를 데리고 온 사연도 설명

하려고 했지만, 마트료나는 좀처럼 들으려 하지 않았
다. 어디서 그렇게 많은 말이 쏟아져 나오는지 한 번
에 두 마디씩 내뱉으니 세몬이 끼어들 틈이 없었다.
십 년도 더 지난 옛날 일까지 들추어내면서 마트료나
는 마구 욕설을 퍼붓고 세몬에게로 달려가 그의 옷소
매를 부여잡고 흔들었다.

"내 옷 내놔요. 하나밖에 없는 옷을
뺏어 입고 염치도 좋지. 빨리 이리 벗
어 놔요. 못난 인간 같으니! 차라리
죽어버리기나 하지!"

세몬이 아내의 면내의를 벗으려 하는데
아내가 한쪽 소매를 와락 잡아당기는 바람
에 솔기가 부드득 뜯어져 나갔다. 마트료
나는 그것을 빼앗아 입고 문가로 달려가 그대로 밖으
로 나가 버리려다가 발을 멈췄다. 화가 치밀기는 하
지만 이 사나이가 누구인지는 알아야겠다고 생각했던
것이다.

4

마트료나가 돌아서서 말했다.
"온전한 사람이라면 저렇게 벌거숭이 꼴을 하고 있

을 리가 없어요. 내의도 입고 있지 않잖아요. 당신도 나쁜 짓을 하지 않았다면 어디서 저 사람을 끌고 왔는지 왜 말을 못하는 거예요?"

"내가 말하겠다고 했잖소? 집으로 돌아오는 길에 이 사람이 교회담 밑에 알몸으로 거의 얼어붙은 채 기대앉아 있었단 말이오. 글쎄, 여름도 다 갔는데 벌거숭이가 되어 떨고 있었소. 마침 하늘이 도와서 내가 그리로 지나갔기에 망정이지 그렇지 않았으면 이 사람은 얼어 죽고 말았을 거요. 살다 보면 언제 무슨 일을 당할지 누가 알겠소? 그래 외투를 입혀 데리고 왔지. 마트료나, 당신도 좀 마음을 가라앉히고 이 사람 처지를 한번 생각해 보구려."

마트료나는 다시 욕설을 퍼부으려고 하다가 문득 낯선 사나이를 쳐다보는 순간 말이 막혔다. 사나이는 죽은 듯이 의자 끝에 걸터앉은 채 꼼짝도 하지 않았다. 두 손을 무릎 위에 올려놓고 목을 가슴팍까지 떨어뜨리고서 눈을 감고 마치 목을 졸리기라도 하는 듯 얼굴을 일그러뜨리고 있었다. 마트료나가 입을 다물고 있자 세묜은 이렇게 말했다.

"마트료나, 당신 마음속엔 하느님이 없소?"

이 말을 듣고 마트료나는 다시 한 번 낯선 사나이를 쳐다보았다. 그러자 이상하게도 분노가 가라앉기 시작했다. 그녀는 문 앞에서 발길을 돌려 난로 한쪽

구석으로 가서 저녁 준비를 하기 시작
했다. 잔을 탁자 위에 놓고 크바아스
(러시아 인의 음료로 귀리와 엿기름으로
만든 맥주의 일종)를 따른 다음 남은
빵을 잘라 내놓았다. 그리고 나이프와
스푼을 놓으면서 말했다.

"식사하세요."

세몬은 낯선 사나이를 식탁으로 데
리고 갔다.

"앉게, 젊은이."

세몬은 빵을 잘게 자르고 같이 먹기 시작했다. 마
트료나는 테이블 한쪽 끝에 앉아서 턱을 괸 채 낯선
젊은이를 바라보았다. 그녀는 이 젊은이가 가엾은 생
각이 들어 돌보아주고 싶은 마음까지 생겼다.

그러자 낯선 사나이는 표정이 밝아지더니 찌푸렸
던 눈썹을 펴고 마트료나 쪽으로 눈길을 돌려 싱긋
웃었다.

식사가 끝나자 마트료나는 테이블을 치우고 사나이
에게 물었다.

"도대체 당신 어디 사는 사람이죠?"

"저는 이 고장 사람이 아닙니다."

"그런데 왜 거기에 있었죠?"

"그건 말할 수 없습니다."

"강도라도 만났나요?"

"아닙니다. 저는 하느님의 벌을 받았습니다."

"그래서 벌거숭이가 되어 자고 있었단 말예요?"

"네. 알몸뚱이로 자다가 얼어 죽을 뻔했던 겁니다. 그것을 주인께서 보시고 가엾게 생각하여 입고 있던 외투를 벗어 제게 입히고 집으로 같이 가자고 했던 거죠. 또 여기 오니까 아주머니가 저를 불쌍히 여기셔서 먹고 마시게 해주셨습니다. 두 분께 신의 은총이 내리실 겁니다!"

마트료나는 일어서서 금방 기워 놓았던 세몬의 낡은 내의를 가져다가 낯선 사나이에게 건네주었다. 그리고 속바지도 찾아내서 주었다.

"자, 이걸 입고 마음에 드는 자리에 누워서 자도록 해요. 침대 위든 페치카 옆이든."

낯선 사나이는 외투를 벗고 내의를 입은 다음 침대 위에 몸을 뉘었다.

마트료나는 등불을 들고 외투를 집어 들고 남편 곁으로 가서 누웠다. 외투 자락을 덮고 누웠으나 낯선 사나이의 일이 머릿속에서 떠나지 않아 쉽게 잠을 이룰 수 없었다.

그 사나이가 조금 남았던 빵을 다 먹어버려 내일 먹

을 빵이 없다는 것과 내의와 속바지를 주어 버린 것을 생각하니 아까운 생각이 들기도 했지만 젊은이의 싱긋 웃던 모습을 떠올리니 마음이 밝아지는 것 같았다.

오래도록 마트료나는 잠을 이루지 못했다. 세몬도 역시 잠들지 못하고 연신 외투자락을 잡아당기곤 했다.

"남은 빵을 다 먹어버렸는데 반죽을 해두지도 않았으니 내일은 어떻게 한담. 이웃 마라냐네 가서 좀 꾸어 달랠까요?"

"그렇게 하지……. 산 입에 거미줄이야 치려고."

마트료나는 한참 동안 가만히 누워 생각에 잠겼다.

"그런데 나쁜 사람은 아닌 것 같은데 왜 자기에 대한 이야기를 하지 않을까요?"

"아마 말 못할 사정이 있겠지."

"세몬!"

"응?"

"우리 같은 사람도 남을 도와주는데 왜 남들은 아무도 우리를 도와주지 않는지 몰라요."

세몬은 뭐라고 대답해야 좋을지 몰랐다.

"글쎄, 아무러면 어때."

라고 말하고는 돌아누워 그대로 잠들고 말았다.

5

이튿날 아침, 세몬 은 일찍 잠이 깨었 다. 아이들이 일어 나기 전에 마트료 나는 이웃집에 빵 을 꾸러 갔다. 어제 의 그 낯선 사나이는

낡은 내의와 바지를 입은 채 의 자에 앉아 천정을 바라보고 있었다. 얼굴은 어제보다 훨씬 밝아 보였다.

"어때, 젊은이. 뱃속에선 빵을 원하고 알몸뚱이는 옷을 원하니 벌이를 해야 하지 않겠나? 자네 무슨 일 을 할 줄 아나?"

"저는 아무것도 할 줄 모릅니다."

세몬은 깜짝 놀랐지만 이렇게 말했다.

"할 마음만 있으면 되는 거야. 사람은 뭐든지 배워 서 익히면 돼."

"예, 모두 일하는데 저도 해야지요."

"자네 이름은 뭐지?"

"미하일입니다."

"이봐 미하일, 자네는 자신에 대한 이야기를 하고 싶지 않은 모양인데 그건 아무래도 좋아. 굳이 듣고 싶은 것도 아니니까. 하지만 밥벌이는 해야 해. 내가 시키는 일을 해 준다면 우리 집에서 살아도 좋아."

"고맙습니다. 열심히 배우고 익히겠습니다. 뭐든지 가르쳐 주십시오."

세몬은 실을 집어 손가락에 감고 꼬기 시작했다.

"그다지 어려운 건 아냐. 자, 보라고……."

미하일은 그것을 자세히 들여다보더니 금방 따라 했다. 세몬이 이번에는 꼰실 찌는 법을 가르쳤는데 미하일은 그 일도 여간 잘하지 않았다. 세몬이 꿰매는 일을 해보이자 이것도 미하일은 금방 배웠다.

미하일은 세몬이 어떤 일을 가르치면 마치 여태껏 그 일을 해온 것처럼 능숙하게 따라했다. 허리를 펼 틈도 없이 부지런히 일만 하

고 식사는 조금밖에 하지 않았다. 한가할 때는 잠자코 하늘만 쳐다보고 밖으로 나가지도 않았다. 농담을 하거나 웃는 일도 없었다.

미하일이 웃는 모습을 보인 것은 처음 그가 왔던 날 마트료나가 저녁 식사를 차려 주었을 때뿐이었다.

6

  하루하루가 지나가고 일주일, 또 일주일이 지나 1
년이라는 세월이 흘렀다. 미하일은 여전히 세몬이 집
에 살면서 일했는데 세몬의 보조공으로 미하일만큼
모양 좋고 튼튼한 구두를 짓는 사람은 없다고 소문이
자자하였다. 이웃 마을에서까지 주문이 밀려들어 세
몬의 수입은 점점 늘어갔다.

  그러던 어느 겨울날이었다. 세몬이 미
하일과 마주 앉아서 일을 하고 있는데 방
울을 잔뜩 단 삼두마차 소리가 요란하게
들려왔다. 창문으로 내다보니 그 마차가
바로 세몬의 가게 앞에 서는 것이었다.
젊은 사람이 마부석에서 뛰어내려 마차
문을 열어주자 안에서 모피 외투를 입은
신사가 나왔다. 그는 세몬의 가게로 들어
오기 위해 입구 층계를 올라왔다.

  마트료나는 뛰어나가 문을 활짝 열었다. 신사는 몸
을 굽히고 안으로 들어와 허리를 쭉 폈는데, 머리는
거의 천정에 닿을 정도로 키가 컸고, 몸집은 방을 꽉
채울 것처럼 건장했다.

  세몬은 일어나 인사하면서 신사의 큰 몸집을 보고

벌린 입이 다물어지지 않았다. 이런 사람은 이제껏 본 일이 없었다. 세몬도 살집이 없는 편이고 미하일도 야윈 편이며 마트료나는 마른 나뭇가지처럼 말랐는데 이 신사는 다른 나라에서 왔는지 얼굴은 불그스름하니 윤이 나고 목은 황소처럼 굵어서 마치 몸뚱이 전체가 무쇠로 된 것 같았다.

신사는 숨을 크게 한번 내쉬더니 외투를 벗고 의자에 앉아 말했다.

"이 구두 가게 주인이 누군가?"

세몬이 나서며 말했다.

"제가 주인입니다, 손님."

그러자 신사는 자기가 데리고 온 젊은 하인에게 큰소리로 말했다.

"그걸 이리 가져와!"

하인이 달려가더니 무슨 꾸러미를 하나 가지고 왔다. 신사는 꾸러미를 받아 테이블 위에 놓더니 말했다.

"풀어라."

하인이 보퉁이를 풀어놓자 신사는 거기서 나온 가죽을 가리키며 세몬에게 물었다.

"이봐, 주인. 이 가죽이 무슨 가죽인지 알겠나?"

"네, 압니다. 손님."

"이봐, 이게 무슨 가죽인지 정말 안단 말인가?"

세몬은 가죽을 만져보고 나서 대답했다.

"네, 썩 좋은 가죽이군요."

"썩 좋은 가죽이라고? 멍청하기는. 자네가 이런 가죽을 구경이나 했겠어? 이건 독일산이야. 이십 루블이나 주고 산 거라고."

세몬은 겁먹은 표정으로 대답했다.

"저 같은 사람이 어찌 구경이나 했겠습니까."

"그야 당연하지. 어디 이 가죽으로 내 발에 꼭 맞는 구두를 만들 수 있겠나?"

"예, 만들 수 있지요. 손님."

신사는 느닷없이 소리 질렀다.

"만들 수 있다고? 하지만 어느 분의 구두를 만드는지, 어떤 가죽으로 만드는지를 명심해야 해. 나는 1년을 신어도 찢어지지 않고 모양이 변치 않는 구두를 원해. 그렇게 만들 수 있으면 일을 맡고 가죽을 재단하게. 하지만 안 될 것 같으면 손도 대지 말아. 미리 말해 두지만 만약 구두가 1년도 안 돼 찢어지거나 모양이 변하거나 하면 자네를 감옥에 처넣어 버릴 거야. 만일 1년이 넘도록 모양이 변하지도 않고 찢어지지도 않으면 삯으로 십 루블을 주겠다."

세몬은 겁이 더럭 나서 대답을 못하고 미하일을 돌아다보았다.

그리고는 팔꿈치로 미하일을 쿡 찌르면서 작은 목

소리로 물었다.

"이봐, 어떻게 하지?"

미하일은 일을 맡으라는 듯이 고개를 약간 끄덕였다. 세몬은 미하일의 고갯짓을 보고 1년 동안 모양이 일그러지지도 찢어지지도 않을 구두 제작을 맡게 되었다.

신사는 하인에게 왼쪽 구두를 벗기게 하고 다리를 쭉 폈다.

"치수를 재게!"

세몬은 오십 센티미터 길이의 종이를 잘라 붙여 자리에 펴고, 무릎을 꿇고서 신사의 양말을 더럽힐 새라 앞치마에 손을 잘 닦은 다음 치수를 재기 시작했다. 바닥을 재고 발등 높이를 재고 종아리를 잴 차례가 되었는데 종이 양 끝이 마주 닿지 않았다. 신사의 종아리가 통나무만큼이나 굵었던 것이다.

"정신 차려서 해. 종아리가 꽉 끼게 하면 안 돼."

세몬은 다시 종이를 덧붙였다. 신사는 의젓하게 앉아 양말 속의 발가락을 꼼지락거리면서 주위를 둘러보고 있다가 미하일을 보더니,

"저건 누구야?"

하고 물었다.

"저희 직공인데 솜씨가 아주 좋습니다. 그가 구두를 만들 겁니다."

"똑똑히 알아 둬. 1년간은 끄떡 없도록 만들어야 한다."

신사는 이렇게 미하일에게 말했다. 세몬도 미하일을 돌아다보았다.

그런데 미하일은 신사의 얼굴은 보지 않고 그 뒤의 구석을 응시하고 있었다. 마치 그곳에 누가 있어 누구인지 알아보려고 하는 듯한 표정이었다. 물끄러미 응시하고 있던 미하일은 갑자기 싱긋 웃더니 얼굴이 밝아졌다.

"넌 뭘 싱글거리고 있는 거야? 멍청한 놈. 정신 차려서 기한 내에 만들어 낼 생각이나 하지 않고."

그러자 미하일이 말했다.

"네, 그렇게 하겠습니다."

"좋아, 좋아."

신사는 구두를 신고 모피 외투를 걸치고는 문쪽으로 걸음을 옮겼다. 그런데 허리 굽히는 것을 잊었기 때문에 이마를 문에 세게 부딪히고 말았다.

신사는 욕설을 퍼붓고 이마를 문지르며 마차를 타고 가버렸다.

신사가 나가자 세몬이 말했다.

"정말 대단한 분이야. 큰 망치로 맞아도 끄떡 없을

것 같은데. 좀 전에 방이 흔들리도록 이마를 부딪쳤는데도 별로 아프지도 않은가 봐."

그러자 마트료나도 말했다.

"저렇게 부유한 생활을 하는데 체격인들 왜 좋지 않겠수? 저런 튼튼한 사람에게는 저승사자도 감히 접근하지 못하겠수."

7

세몬은 미하일에게 말했다.

"일을 맡긴 했지만 이거 까딱 잘못하는 날엔 감옥살이야. 가죽도 비싼데다, 손님 성깔도 대단하니 절대 실수하면 안 되는데…….

자, 자네는 눈도 밝고 솜씨도 나보다 나으니 이 치수본으로 재단을 하게. 나는 겉가죽을 꿰맬 테니까."

미하일은 세몬이 시키는 대로 신사의 가죽을 탁자 위에 펼쳐 놓고 가위를 들어 재단하기 시작했다.

그런데 마트료나는 미하일의 옆에서 그가 재단하는 것을 보고 깜짝 놀랐다. 마트료나도 이제 구두 만드는 일에는 익숙한 터인데 가만히 보니 미하일은 구두 모양과는 전혀 다르게 재단을 하고 있는 것이 아닌가?

마트료나는 주의를 줄까 하다가 말았다. 아마도 내

가 그 손님의 구두를 어떻게 만들라는 것인지 잘 듣지 못했는지도 몰라. 미하일이 더 잘 알고 있을 테니 참견하지 말아야지.

미하일은 가죽 재단을 마치고 실을 바늘에 꿰어 꿰매기 시작했는데, 그것은 구두를 꿰매는 두 겹 실이 아니라 슬리퍼를 꿰매는 한 겹 실이 아닌가?

그것을 보고 마트료나는 또 크게 놀랐지만 역시 참견하지 않았다. 미하일은 열심히 꿰매고 있었다. 점심때가 되어 세몬이 자리에서 일어나 보니, 미하일은 신사의 가죽으로 슬리퍼를 만들어 놓았다. 세몬은 너무 놀라 앗, 하고 크게 소리를 질렀다.

'이게 뭐야? 미하일은 1년 동안이나 한 번도 실수한 적이 없는데 하필이면 지금 이런 잘못을 저지르다니. 손님은 굽이 있는 구두를 주문했는데 미하일은 평평한 슬리퍼를 만들어 버렸으니……, 손님에겐 뭐라고 변명을 한단 말인가? 이런 가죽은 구하려야 구할 수도 없을 텐데…….'

세몬은 미하일에게 말했다.

"아니, 여보게. 이 무슨 짓인가? 나를 죽일 작정인가? 손님은 구두를 주문했는데 자넨 도대체 뭘 만든 건가?"

세몬이 기가 막혀 미하일을 야단 치고 있는데 바깥 문의 쇠고리를 덜컹거리며 누군가가 타고 온 말을 비

끄러매고 있었다. 나가 보니 뜻밖에 그 신사의 하인
이 온 것이었다.

"안녕하십니까?"

"어서 와요. 무슨 볼일이라도?"

"구두 때문에 마님의 심부름을 왔지요."

"구두 때문에요?"

"구두인지 뭔지, 하여간 이제 필요 없게 되었어요.
나리는 돌아가셨으니까요."

"아니, 뭐라고요?"

"여기서 저택으로 돌아가시다
가 마차 안에서 돌아가셨어요.
마차가 저택에 도착하여, 내리
는 걸 도와드리려고 보니까 나
리가 짐짝처럼 뒹굴고 있지 않

겠습니까. 이미 돌아가신 거예요. 간신히 마차에서
끌어내렸지요. 그래서 마님께서 저를 보내면서 '아까
나리가 주문하신 구두는 이제 필요 없게 되었으니 그
가죽으로 죽은 사람에게 신기는 슬리퍼를 만들어 오
라.'고 말씀하셨습니다. 그래서 이렇게 왔지요."

미하일은 테이블 위에서 마름질하고 남은 가죽을
둘둘 말아 묶고 다 된 슬리퍼를 꺼내어 탁탁 소리 내
어 털고는 앞치마로 곱게 닦아 하인에게 건네주었다.
그는 슬리퍼를 받고는 인사하고 돌아갔다.

8

다시 1년이 지나고 2년이 지나, 미하일이 세몬의 집에 온 지 6년이 되었다. 여전히 처음처럼 아무 데도 가지 않고 한마디도 쓸데없는 말은 하지 않았다. 그동안 싱긋 웃은 적은 단 두 번뿐, 한 번은 처음 마트료나가 저녁 식사 준비를 했을 때이고, 또 한 번은 구두를 맞추러 온 부자 신사를 보았을 때였다.

세몬은 자기 제자가 대견해서 견딜 수가 없었다. 이제는 어디서 왔는지 더 이상 묻지도 않았고 다만 미하일이 나가면 어쩌나 하는 걱정만을 하게 되었다.

하루는 온 식구가 모여 앉아 있었는데, 마트료나는 난로에 냄비를 올려놓고 있었고 아이들은 의자 사이를 뛰어다니며 창밖을 내다보고 있었다. 세몬은 창가에서 구두를 꿰매고 있었고 미하일은 다른 창가에서 굽을 박고 있었다.

그때 세몬의 아들이 의자를 타고 미하일 곁으로 다가오더니 그의 어깨를 흔들면서 창밖을 가리키며 말했다.

"미하일 아저씨, 저것 좀 봐요. 어떤 아주머니가 여자애 둘을 데리고 우리 집 쪽으로 와요. 여자애 하나는 절름발이네?"

아이의 말이 떨어지자마자 미하일은 하던 일을 멈추고 창밖으로 고개를 돌려 물끄러미 바라보았다.

세몬은 미하일을 보고 무척 놀랐다. 이제까지 미하일이 밖을 내다본다든지 하는 일은 한 번도 없었는데 지금은 창에 얼굴을 붙이고 무언가를 응시하고 있었기 때문이다.

그래서 세몬도 일을 멈추고 창밖을 내다보니 무척 깨끗한 옷차림을 한 부인이 자기 집 쪽으로 걸어오고 있었다. 부인은 모피 외투를 입고 긴 목도리를 목에 두른 두 여자아이의 손을 잡고 있었다. 여자아이들은 얼굴이 서로 닮아 누가 누군지 모를 정도였다. 그런데 한 아이는 다리를 가볍게 절며 걷고 있었다.

부인은 바깥 층계를 올라와 입구로 들어와서 문을 열더니 먼저 두 여자아이를 안으로 들여보내고 자기도 방 안으로 들어섰다.

"안녕하세요!"

"어서 오십시오. 무슨 볼일이신지?"

부인은 테이블 옆에 앉았다.

두 여자아이는 부인의 무릎에 안기듯이 기대어 떨어지려고 하지 않았다.

"저어, 이 아이들이 봄에 신을 구두를 맞출까 해서요."

"아, 그렇습니까? 우리는 그런 작은 구두를 만들어 본 적은 없지만, 뭐 할 수 있습니다. 가장자리 장식이 달린 거로 할까요, 안에 천을 대서 접는 것으로 할까요? 여기 있는 미하일은 솜씨가 여간 좋지 않습니다."

세몬이 미하일을 돌아다보니 그는 우두커니 앉아 두 여자아이에게서 눈길을 떼지 않고 있었다.

세몬은 그런 그의 모습이 몹시 놀라웠다. 하긴 두 아이가 모두 귀엽고 예뻤다. 눈동자가 까맣고 뺨이 통통하고 발그레하며 입고 있는 모피 외투와 목에 두른 목도리도 고급스러웠다. 그렇더라도 무슨 이유로 미하일이 저렇게 눈길을 쏟고 있는지 납득이 가지 않았다. 마치 두 여자아이를 알고 있기라도 한 듯했다.

세몬은 의아하게 여기면서도 여인에게로 돌아 앉아 값을 흥정했다. 가격을 정하고 치수를 재려 하자 부인은 절름발이 아이를 안아 올려 무릎에 앉혔다.

"어렵겠지만 이 아이로 두 아이의 치수를 재 주세요. 불편한 발 쪽은 한 짝만 하고 이쪽 발에 맞춰서 세 짝을 지어 주세요. 두 아이의 발 치수가 아주 똑같아요. 쌍둥이거든요."

세몬은 치수를 재면서 절름발이 아이를 가리키며 물었다.

"이 아이는 어쩌다가 이렇게 됐습니까? 이렇게 귀

여운 아이가……, 날 때부터 그랬나요?"

부인이 대답했다.

"아니에요, 이 애 어머니가 실수로……."

그때 마트료나가 끼어들었다. 어디에 사는 누구의 아이인지 알고 싶었던 것이다.

"그럼, 부인께선 이 아이들의 친엄마가 아니신가요?"

"나는 친엄마도 아니고 친척도 아니지만 그냥 맡아서 기르고 있어요."

"친엄마도 아니신데 정말 귀하게 키우시는군요."

"어떻게 귀하지 않겠어요? 이 두 아이 모두 내 젖으로 키웠어요. 내 아이도 있었지만 하느님께서 데려가셨지요. 그 애도 이 아이들만큼 불쌍한 마음은 들지 않았는데……."

"그러면 대관절 누구의 아이들인가요?"

9

부인은 그 사연을 들려주었다.

"벌써 6년 전의 일이지요. 이 아이들은 태어난 지 일주일도 못 되어 천애고아가 되어 버린 거예요. 아버지는 아이들이 태어나기 사흘 전에 죽고, 어머니는

아기를 낳고 하루도 못 살고 세상을 떠
났지요. 이 아이들의 부모와는 이웃
간이었어요.

이 애들의 아버지는 혼자 숲에
서 일하고 있었는데, 어느 날 커
다란 나무가 쓰러지면서 허리를
세게 맞아 쓰러진 거예요. 집에
까지 간신히 옮겨다 놓았지만 곧
저세상으로 가 버렸지요. 그리고
그의 부인이 며칠 후에 쌍둥이를 낳았어요. 이 아이
들이 바로 그 애들이지요.

가난한데다 일가친척도 없고 돌보아줄 만한 사람
하나 없이 그야말로 외톨이여서 홀로 해산을 하고 홀
로 죽어간 거죠. 내가 그 이튿날 아침에 궁금해서 그
집에 들어가 보았더니 가엾게도 벌써 숨이 끊어져 있
었어요. 게다가 숨이 넘어가는 순간 이 아이에게 쓰
러지면서 한쪽 다리가 눌렸던 거예요.

마을 사람들이 모여 시체를 목욕시키고 수의를 입
히고 관을 짜고 해서 장례식을 마쳤지요. 다들 좋은
사람들이거든요. 그런데 갓난아이 둘만 남았으니 정
말로 큰일이지 뭡니까. 거기 모인 여자 중에 젖먹이
를 가진 사람은 나뿐이었어요. 낳은 지 겨우 8주밖에
안 되는 첫 아들에게 젖을 주고 있었죠. 그래서 내가

임시로 두 아이를 맡기로 했지요. 마을 사람들이 모여 이 아기들에 대해 여러 가지로 의논을 한 끝에 저에게 부탁을 하더군요. '마리아 아줌마가 이 아기들을 당분간 맡아 주지 않겠어요? 그동안 우리가 곧 다른 방법을 찾을 테니까요.'

저는 처음에 다리가 온전한 아이에게만 젖을 빨렸습니다. 절름발이 애에게는 젖을 물릴 생각도 안 했죠. 도저히 살지 못하리라고 생각했기 때문이었어요. 그러다가 어느 날 갑자기 어떻게나 측은한 생각이 드는지 그 후로는 꼭 같이 젖을 물려주기 시작했지요. 그래서 내 아이와 두 여자아이, 즉 세 아이에게 동시에 젖을 먹였던 겁니다. 그나마 제가 젊어 기운도 있고 먹성도 좋았으니 망정이죠. 두 아이에게 젖을 물리고 있으면 다음 애가 기다리고 있어서, 한 아이가 젖꼭지를 놓는 대로 기다리던 애에게 젖을 주곤 했지요.

그런데 하느님의 뜻인지 이 두 아이는 잘 자라났는데 내가 낳은 애는 두 살 되던 해에 그만 죽고 말았죠. 살림살이는 차차로 나아지고 급료도 넉넉해서 유복한 살림을 꾸려가기는 하지만 아기가 생기지 않는군요.

정말 이 두 아이가 없었더라면 쓸쓸해서 어떻게 살아가겠어요! 제가 이 아이들을 귀여워하는 것은 당연하지요. 이 두 아이들은 제게 있어서 촛불과도 같답니다."

　부인이 한 손으로 절름발이 아이를 끌어당기며 한 손으로 뺨에 흐르는 눈물을 닦았다.

　마트료나도 길게 한숨지으며 말하였다.

　"부모 없이는 살아갈 수 있지만 하느님 없이는 살아가지 못한다고 하더니 정말로 그런가 봐요!"

　세 사람이 이런 이야기를 주고받고 있는데 갑자기 미하일이 앉아 있는 구석에서 섬광이 비쳐와 온 방안이 환하게 밝아졌다. 모두가 놀라 그쪽을 돌아다보니 미하일은 두 손을 무릎 위에 얹고 위를 바라보며 싱긋 웃고 있었다.

10

　부인이 두 여자아이를 데리고 돌아가자 미하일은 의자에서 일어나 일감 을 테이블 위에 올려놓고 앞치마를 벗어 내려놓으며 주인 내외에게 허리를 굽혀 인사했다.

"안녕히 계십시오, 주인아저씨. 아주머님. 하느님께서 저를 용서해 주셨습니다. 당신들도 부디 저를 용서해 주십시오."

주인 내외가 바라보니 미하일에게서 후광이 비치고 있었다. 세몬도 일어나 미하일에게 머리 숙여 인사를 하였다.

"미하일, 나도 자네가 보통 인간이 아니고 이제 자네를 붙잡을 수도 없으며 물어보아서도 안 된다는 것을 아네. 허나 꼭 한 가지 알고 싶은 것이 있네. 자네를 데리고 집으로 돌아왔을 때 자네는 몹시 침울한 얼굴을 하고 있다가 아내가 저녁상을 차리자 싱긋 웃으며 밝은 표정을 지었지. 그리고 부자 손님이 구두를 주문했을 때도 자네는 웃으면서 표정이 밝아졌었네. 지금 또 부인이 아이들을 데리고 왔을 때 세 번째로 빙그레 웃었네. 그리고 몸에서는 후광이 환하게 비쳤지. 미하일, 어떻게 자네 몸에서 그런 빛이 나는지, 그리고 왜 세 번을 빙그레 웃었는지 그 까닭을 좀 말해 주게나."

미하일이 대답했다.

"제 몸에서 빛이 나는 것은 다름이 아니라, 하느님의 벌을 받고 있는 중이었는데 이제 용서를 받았기 때문입니다. 또 제가 세 번 빙긋 웃은 것은 하느님의 세 가지 말씀의 진리를 알아냈기 때문입니다. 한 가지 말씀은 아주머니가 저를 가엾다고 생각하셨을 때 알았고, 또 한 가지 말씀은 부자 손님이 구두를 주문했을 때 알게 되었습니다. 그리고 방금 두 여자아이를 보았을 때 마지막 세 번째 말씀을 알게 되어 또다시 웃은 것입니다."

이 말을 듣고 세몬이 다시 물었다.

"그러면 왜 하느님께서 자네에게 벌을 내리셨는지 그리고 자네가 깨달은 하느님의 세 가지 말씀이란 대체 무엇인지 말해줄 수 있겠나?"

그러자 미하일은 대답했다.

"제가 벌을 받은 것은 하느님의 말씀을 거역했기 때문입니다. 저는 천사였지요. 어느 날 하느님은 한 여자에게서 영혼을 거두어 오라고 명령하셨습니다.

제가 인간 세계에 내려와 보니 그 여인은 몹시 쇠약한 몸으로 누워 있었습니다. 쌍둥이 딸을 낳았던 것입니다. 갓난아기들은 어머니 곁에서 꼬무락거리고 있었으나 어머니는 젖을 줄 기운도 없었습니다. 여인은 제 모습을 발견하자 하느님이 부르러 보내신 줄 짐작하고 매우 슬프게 흐느끼며 애원했습니다.

'아아, 천사님! 제 남편은 숲에서 나무에 깔려 죽어 불과 며칠 전에 장례식을 치렀습니다. 제게는 형제자매도 친척도 이 갓난애들을 거두어 줄 사람도 없습니다. 제발 제 영혼을 가져가지 마시고 이 아이들을 제 손으로 키우게 해주세요! 아이들은 부모 없이는 살지 못합니다!'

저는 그녀가 하는 말을 듣고 한 아이를 안아 어머니의 젖을 물려주고 다른 한 아이를 어머니의 팔에 안겨 준 다음 하늘나라로 돌아갔습니다. 그리고 하느님께 말씀드렸지요.

'저는 여인의 영혼을 거둬 올 수가 없었습니다. 남편은 나무에 깔려 죽고 여인은 방금 쌍둥이를 낳아 제발 자기 영혼을 거두어 가지 말아 달라고 애원했습니다. 제발 자기 손으로 아이들을 키우게 해달라고, 어린 아이는 부모 없이는 살지 못한다는 것이었습니다. 그래서 저는 여인의 영혼을 거둬 오지 못했습니다.'

그러자 하느님께서는 이렇게 말씀하셨습니다.

'다시 내려가 여인의 영혼을 거두어라. 그러면 세 가지 말의 뜻을 알게 되리라. 즉 인간의 마음속에는 무엇이 있는가, 인간에게 허락되지 않은 것은 무엇인가, 사람은 무엇으로 사는가를. 네가 그것을 깨닫게 되면 하늘나라로 돌아올 수 있으리라.'

그래서 저는 다시 지상으로 내려와 여인의 영혼을 거두고 말았습니다.

두 아기는 어머니의 품에서 떨어져 있었으나 시신이 침대 위에서 쓰러지는 바람에 한 아이를 덮쳐 한쪽 다리를 못 쓰게 된 것입니다.

저는 그 마을을 떠나 하늘로 날아올라가 여인의 영혼을 하느님께 바치려고 하자 갑자기 거센 바람이 휘몰아치면서 제 두 날개를 부러뜨렸습니다. 그래서 그 여자의 영혼만 하느님께로 가고 저는 지상에 떨어져 쓰러져 있었던 것입니다."

11

그제야 세몬과 마트료나는 자신들을 먹이고 입혔던 사람이 누구인지, 자기들과 같이 살면서 일해 온 사람이 누구인지를 알고 두려움과 기쁨으로 눈물을 흘렸다.

천사가 말을 이었다.

"저는 홀로 알몸인 채 들판에 버려졌습니다. 저는 인간의 부자유라는 것도, 추위도 배고픔도 모르고 있었는데 그런 제가 갑자기 인간이 되어 버린 것입니다. 배고픔도 극한에 달했고 몸도 얼어붙어 어찌해야 좋을지 몰랐습니다.

문득 들 한가운데 하느님을 모시는 교회가 눈에 띄어 몸을 의탁하려고 그곳으로 갔으나 문이 잠겨 있어 안으로 들어갈 수가 없었습니다. 저는 바람을 피하려고 교회 뒤로 돌아가 땅바닥에 앉았습니다. 날이 저물면서 배고픔은 더욱 심해지고 몸은 얼대로 얼어, 저는 완전히 탈진해 버렸습니다.

그때 문득 어떤 사람이 털장화를 들고 걸어오면서 혼잣말을 하는 소리가 귀에 들려 왔습니다. 저는 인간이 되고 나서 처음으로 언젠가는 죽을 인간의 얼굴을 보았습니다. 저는 그 얼굴이 무서워 급히 돌아앉았습니다. 그런데 그 남자의 말을 가만히 들어보니, 이 추운 겨울에 몸을 감쌀 옷을 어떻게 마련해야 할 것인지, 어떻게 처자식을 먹여 살려야 할 것인지를 걱정하는 것이었습니다. 그래서 저는 생각했습니다.

'나는 추위와 배고픔으로 거의 죽어가고 있다. 마침 저기 사람이 오고 있지만 그는 어떻게 모피 외투를 마련하나, 어떻게 살아가나, 그것만을 걱정하고 있다. 그러니 이 사람은 나를 도와줄 수 없을 것이다.'

그는 저를 발견하자 얼굴을 찌푸리고 더욱 무서운 몰골로 터덜터덜 제 곁을 지나갔습니다. 그나마 한 줄기 희망도 사라져 버린 느낌이었는데 갑자기 사나이가 되돌아오는 발소리가 들렸습니다. 다시 그 얼굴을 쳐다보았을 때는 방금 지나간 그 사람이 아니구나 하고 생각했을 정도였습니다.

방금 전의 그 얼굴에는 죽음의 기운이 서려 있었는데 이제는 생기가 돌고 하느님의 모습이 어리어 있었습니다. 그 남자는 제 곁에 다가와서 그의 옷을 입혀주고 저를 자기 집으로 데려갔습니다.

집에 들어가니 한 여자가 말을 늘어놓기 시작했는데 그녀는 아까의 남자보다 더 무서웠습니다. 그 입에서는 죽음의 입김이 뿜어져 나와 저는 그 독기 때문에 숨을 쉴 수도 없었습니다. 여자는 저를 추운 집 밖으로 몰아내려고 했습니다. 만약 그대로 저를 내쫓았더라면 그녀는 죽고 말았을 것입니다. 저는 그것을 알 수 있었지요.

그때 남편이 갑자기 하느님 얘기를 꺼내자 여자는 곧 태도가 누그러졌습니다. 여자가 저녁 식사를 권하면서 저를 흘끔 쳐다보았을 때 그녀의 얼굴에는 죽음의 그림자가 이미 자취도 없이 사라지고 생기가 넘쳐 있었습니다. 저는 그녀의 얼굴에서도 하느님의 모습을 보았습니다.

그때 저는 '인간의 마음속에 무엇이 있는지 그것을 알게 되리라.'고 하신 하느님의 첫 번째 말씀을 생각해 냈습니다. 나는 인간의 마음속에 있는 것은 사랑이라는 것을 깨달았습니다. 하느님께서 약속하신 일을 이렇게 내게 보여 주시는구나 생각하니 너무 기뻐서 그만 싱긋 웃고 말았습니다.

그러나 아직도 그 전부를 알 수는 없었습니다. 인간에게 허락되지 않은 것은 무엇인가, 사람은 무엇으로 사는가라는 것이었습니다.

당신들과 같이 살면서 1년이 지났습니다. 그러던 어느 날 한 부자가 찾아와서 1년 동안 닳지도, 찢어지지도, 일그러지지도 않을 장화를 만들어 달라고 했습니다. 제가 문득 그를 쳐다보았더니 뜻밖에도 그의 등 뒤에 나의 동료였던 죽음의 천사가 서 있는 것을 보았습니다. 저 이외에는 아무도 그 천사를 보지 못했지만 말이죠. 그리고 채 날이 저물기도 전에 그의 영혼이 그에게서 떠나버릴 것을 알았습니다. 저는 생각했습니다. '이 사나이는 1년 신어도 끄떡없는 구두를 만들라고 하지만 자기가 오늘 저녁 안으로 죽을 것은 모른다.'

그래서 '인간에게 허락되지 않은 것은 무엇인가?'라는 하느님의 두 번째 말씀을 생각해 냈습니다. 인간의 마음속에 무엇이 있는가는 이미 알아냈습니다. 그리고 이번에는 인간에게 허락되지 않은 것이 무엇인지도 알아낸 것입니다. 그것은 자신에게 진정으로 무엇이 필요한가를 아는 지혜입니다. 그래서 저는 두 번째로 싱긋 웃었습니다. 친구였던 천사를 만난 것도 기뻤고 하느님께서 두 번째의 말씀을 깨닫게 해 주신 것도 기뻤기 때문입니다.

그렇지만 아직도 전부는 깨닫지 못했습니다. 저는 그때까지도 사람은 무엇으로 사는지를 깨닫지 못했던 것입니다. 그래서 저는 언제까지라도 여기 머물면서 하느님께서 마지막 말씀을 계시해 주시기를 기다렸습니다.

6년째 되는 오늘, 쌍둥이 여자아이를 키우는 부인이 아이들을 데리고 찾아온 것을 보고 저는 그 아이들이 부모 없이도 무사히 잘 자라고 있다는 것을 알았습니다. 저는 생각했습니다.

'여인이 아이들을 봐서 살려 달라고 부탁했을 때 나는 그 말을 듣고 아이들은 부모 없이 살아갈 수 없을 거라고 생각했는데 다른 사람의 품안에서 이렇게 잘 자라고 있지 않은가.'

그리고 저는 그 부인이 다른 사람의 아이를 가엾게 여겨 눈물을 흘릴 때 거기서 살아 계신 하느님의 모습을 발견했고, 비로소 사람은 무엇으로 사는가를 깨달았습니다. 하느님께서 마지막 깨달음을 주시어 저를 용서하셨다는 것을 알았기에 세 번째로 싱긋 웃었던 것입니다."

12

말을 마치자 천사의 몸은 빛으로 둘러싸여 눈을 똑바로 뜨고 쳐다볼 수조차 없게 되었다. 그때 천사가 웅장한 목소리로 이야기하기 시작했다. 그것은 그가 스스로 말하는 것이 아니라 하늘에서 울려오는 목소리 같았다.

"나는 깨달았다. 모든 사람은 자신만을 살피는 마음으로 사는 것이 아니라 사랑으로써 살아가는 것이다.

어머니는 자기 아이들의 생명을 위해서 무엇이 필요한가를 아는 지혜가 허락되지 않았었다. 또 부자는 자기에게 무엇이 필요한지 알지 못했다. 저녁때까지 무엇이 필요한지, 산 자가 신는 구두인지, 죽은 자에

게 신기는 슬리퍼인지, 그것을 아는 것은 누구에게도 허락되지 않았다.

내가 인간이 되어 무사히 살아갈 수 있었던 것은, 내가 여러 가지의 일을 걱정했기 때문이 아니라 지나가던 사람과 그 아내에게 사랑이 있어 나를 불쌍하게 여기고 나를 사랑해 주었기 때문이다. 고아들이 잘 자라고 있는 것은 많은 사람이 두 아이의 생계를 걱정해 주었기 때문이 아니라, 타인인 한 여인에게 아이들을 사랑하는 마음이 있었기 때문이다.

모든 인간이 살아가고 있는 것도 각자가 자신의 일을 걱정하고 있기 때문이 아니라 그들 마음속에 사랑이 있기 때문이다.

나는 전부터 하느님께서 인간에게 생명을 내려주시고 모두가 잘 살아가도록 바라신다는 것을 알았지만 이번에는 한 가지 일을 더 깨달았다.

그것은 다름이 아니라, 하느님께서는 인간이 흩어져 사는 것을 원하지 않으신다는 것이다. 그렇기 때문에 인간 각자에게 무엇이 필요한지를 다 알려주지 않으신다는 것이다. 인간이 서로 모여 살기를 원하시기 때문에 우리들에게 자신과 모든 사람을 위해서 무엇이 필요한가를 일깨워 주시는 것이다.

　이제야말로 나는 깨달았다. 자신의 일만을 걱정함
으로써 살아갈 수 있다고 생각하는 것은 인간들의 생
각일 뿐, 진실로 인간은 사랑의 힘으로만 살아가는
것이다. 사랑 안에 사는 사람은 하느님 안에 살고 있
고 하느님은 그 사람 안에 계시다. 왜냐하면 하느님
은 사랑이시기 때문이다."

　그렇게 말하고 천사는 하느님께 찬송을 드렸다. 그
러자 그 목소리로 인하여 집이 울리는 것 같았다. 그
리고는 천정이 두 쪽으로 갈라지면서 땅에서 하늘까
지 불기둥이 뻗쳤다. 세몬 내외도 아이들도 모두 땅
바닥에 엎드렸다. 마하일의 등에서 날개가 활짝 펼쳐
지더니 하늘로 날아올라갔다.

　세몬이 문득 정신을 차렸을
때에는 집은 예전대로였고 집안
에는 세몬의 가족 외엔 아무도 보
이지 않았다.

이 떡갈나무 잎을 들고
두 손으로 문지르십시오.

그러면 금화가 땅바닥에
떨어질 것입니다.

이반은 나뭇잎을 들고
문지르기 시작했다.

그랬더니 과연 누런 금화가 잔뜩 쏟아졌다.

바보
이반

바보
이반

자신의 길을 걷는 사람은 영웅이다.
자기가 할 수 있는 일을 하면서
사는 사람은 누구나 영웅이다.
비록 어리석고 재빠르지 못하다 해도,
입으로만 살고 헌신할 생각조차 못해도,
다른 사람들보다 무엇인가 부족해도,
자신의 길을 걷는 사람은 영웅이다.

1

옛날 어느 나라에 부자 농부가 아들 셋, 딸 하나와
함께 살고 있었다. 큰아들 세몬은 군인이었고, 배불
뚝이 타라스는 둘째, 바보 이반은 셋째 아들이었으며,
막내딸 말라냐는 벙어리였다. 큰아들 세몬은 왕을 모

시고 전쟁터에 나갔고, 배불뚝이 타라스는 성안의 상
인에게 장사하는 방법을 배우러 갔다. 그리고 바보
이반은 누이동생과 함께 집에서 열심히 일했다.

세몬은 높은 벼슬과 많은 땅을 얻고
귀족의 딸과 결혼했다. 월급도
많고 땅도 많았지만 언
제나 돈에 쪼들렸다. 왜
냐하면 남편은 열심히 돈
을 벌었지만 사치가 심한
아내는 돈이 들어오기가 무섭게 다 써 버렸기 때문이
다. 그래서 세몬은 도지세를 받으러 소작인들을 찾아
갔다. 그러나 관리인은 이렇게 말했다.

"도지세가 들어오지 않습니다. 그래서 가축도 농기
구도 살 수 없습니다. 말이나 소도 없는 처지입니다.
그런 것이 있어야 농사도 짓고 그래야 돈이 들어오는
데 말입니다."

그 말을 듣고 세몬은 아버지를 찾아갔다.

"아버지, 아버지께서는 재산이 많으면서도 저에게
는 주시지 않았습니다. 가축과 농기구를 살 수 있도
록 저에게 아버지 소유로 된 토지를 3분의 1만 주십
시오."

그러자 아버지가 말했다.

"너는 살아오면서 지금까지 우리를 위해 무엇을 했

느냐? 그런데도 땅을 3분의 1이나 달란 말이냐? 그러면 저 가련한 이반과 네 누이동생이 좋아하지 않을 것이다."

그러자 세몬이 말했다.

"이반은 바보가 아닙니까? 또 말라냐는 귀머거리에다 벙어리입니다. 그런 애들에게 무엇이 필요하겠어요?"

이 말을 듣고 아버지가 말했다.

"그러면 이반의 얘기를 한번 들어 보자. 뭐라고 말하는지."

하지만 이반은 뜻밖의 말을 했다.

"그런 부탁이라면 들어주세요, 아버지."

세몬은 3분의 1의 땅을 얻어 다시 왕에게 충성하기 위해 떠났다.

한편 배불뚝이 타라스도 장사를 해서 돈을 많이 모아 상인의 딸과 결혼했다. 그러나 타라스 역시 불만이 많았다. 그래서 아버지에게 찾아와 이렇게 말했다.

"저에게도 땅을 주십시오."

그러나 아버지는 타라스에게도 땅을 주고 싶지 않았다.

"너는 가족을 위해 아무것도 한 일이 없다. 집에 있는 것은 모두 이반이 벌어들인 것이다. 나는 그 애하고 네 누이동생을 서운하게 하고 싶지 않다."

그러자 타라스가 말했다.

"저런 바보 녀석에게 무엇이 필요
합니까? 이반은 장가도 갈 수 없을 겁
니다. 누가 바보에게 시집을 오겠습니까?
또 벙어리인 말라냐도 마찬가지죠. 말라
냐에게 필요한 것은 아무것도 없습니다.
이반, 네 생각도 그렇지 않니? 집에 있는 곡식의 절
반만 나에게 다오. 그리고 나는 농기구 같은 것은 필
요 없다. 가축 중에서 회색 말이나 한 마리 가지면
돼. 저 말은 농사짓는 데 필요한 것도 아니니까."

이반은 형의 말을 듣고는 조용히 웃으며 승낙했다.

"좋을 대로 하세요. 나야 또 잡아 오면 되니까요."

이렇게 해서 타라스도 제 몫을 가져갔다. 타라스는
곡식과 말을 시장으로 실어 갔다. 그러나 이반은 이
전과 다름없이 늙고 뼈가 앙상하게 드러난 암말 한
마리로 농사를 지으면서 가족을 봉양했다.

2

도깨비 두목은 이들 형제가 재산을 나누어 갖는데도
싸움 한 번 하지 않고 사이좋게 헤어진 것을 보고 기
분이 매우 상했다. 그래서 부하 도깨비 셋을 불렀다.

"자, 봐라. 저 인간 세상에 세 형제가 살고 있지 않느냐? 세몬이란 군인과 배불뚝이 타라스, 그리고 바보 이반 말이다. 저 녀석들이 서로 싸워야 하는데 오히려 사이좋게 지낸단 말이야. 특히 저 바보 이반 이란 놈은 어찌나 마음이 착한지 내 일을 엉망진창으로 만들지 뭐냐? 이제부터 너희 셋은 저 세 녀석에게 달라붙어 무슨 방법을 써서라도 서로 헐뜯고 싸움을 하도록 만들어라. 어떠냐, 자신 있느냐?"

"네, 자신 있습니다!"

"그래, 어떻게 할 셈이냐?"

"네, 제 생각에는 이런 방법 이 좋을 것 같습니다. 저 녀석 들을 아무것도 먹을 것이 없는 가난뱅이가 되게 한 후 세 녀석을 한 군데 모여 살게 하는 것입니다. 그러면 녀석들은 분명히 싸움을 하게 될 것입니다."

"그거 좋은 생각이다. 그러면 즉시 떠나거라. 그리 고 녀석들의 사이를 갈라놓기 전에는 절대로 돌아올 생각도 하지 마라. 만일 실패하면 네놈들의 가죽을 벗길 것이다."

세 도깨비는 숲 속으로 들어가 어떻게 할 것인지를 의논하기 시작했다. 하지만 서로 쉬운 일을 맡겠다고 싸우는 바람에 시간이 오래 걸렸다. 그러다가 겨우 제비뽑기를 해서 누가 누구를 맡을 것인지 결정했다. 그리고 자기 일이 일찍 끝나면 다른 동료를 도와주기로 했다.

도깨비들은 제비뽑기를 하고 나서 언제 다시 이곳에서 만날 것인지를 정하고 일을 끝마치면 누구를 도우러 가야 하는지 의논했다. 그렇게 도깨비 셋은 저마다 자기가 맡은 일을 다할 것을 다짐하고 헤어졌다.

마침내 약속한 날이 되자 세 도깨비는 다시 숲에 모였다. 그리고 자기가 맡은 일을 어떻게 처리했는지 얘기하기 시작했다. 먼저 세몬에게 갔다 온 첫째 도깨비가 말했다.

"내가 맡은 일은 아주 잘됐어. 세몬이란 녀석은 내일 자기 아버지를 찾아갈 거야."

"왜?"

두 도깨비가 물었다.

"먼저 세몬에게 쓸데없는 용기를 잔뜩 불어넣어 주었지. 그랬더니 녀석은 자기 왕에게 전 세계를 정복하겠다고 큰소리쳤지. 그러자 왕은 세몬을 대장으로 임명하고 인도를 정복하라고 명령했어. 그의 군사들이 모두 정복하러 가겠다고 모였어. 그런데 바로 그날 밤 내가 세몬이 이끄는 군대의 화약을 전부 물에 적셔 놓고 인도 왕에게로 달려가 짚으로 허수아비 군사를 많이 만들어 놓게 했지. 세몬의 군사들은 사방에서 밀려드는 인도의 허수아비 군사들을 보고는 잔뜩 겁을 먹고 얼어 버렸지. 세몬이 '사격!' 하고 공격 명령을 내렸지만 대포나 총이 나가지 않았거든. 세몬의 군사들은 완전히 사기가 떨어져 도망쳐 버렸어. 마치 양 떼처럼 말이지. 그때 기회를 놓칠세라 인도 왕이 그들을 모조리 무찔렀지. 그렇게 세몬이 패해서 돌아오자 왕은 세몬의 땅을 몰수하고 사형을 집행하라고 명령했어. 내가 할 일은 이제 한 가지만 남았지. 세몬을 탈옥시켜 집으로 도망치게 하는 일뿐이야. 내가 맡은 일은 내일 끝나니까 너희 중에서 누가 내 도움이 필요한지 말해 봐."

타라스를 공략하러 갔다 돌아온 도깨비도 자기가 한 일에 대해 말했다.

"나는 도움 같은 거 필요 없어. 내 일도 아주 잘되어 가고 있으니까. 타라스란 녀석도 이제 일주일 이상은 버티지 못할 거야."

도깨비는 말을 이었다.

"나는 먼저 그놈을 욕심쟁이가 되게 했지. 그랬더니 녀석은 남의 재산까지 탐내고 닥치는 대로 물건을 사들였어. 그것도 모자라 지금은 빚까지 내서 사들이

는 형편이지. 그런데 너무 사들였기 때문에 어떻게 처리해야 할지를 몰라 쩔쩔매고 있어. 일주일 후에는 그동안 사들인 물건의 외상값과 빌린 돈을 지불해야 할 텐데, 나는 그 녀석의 물건들을 전부 불에 태워 버릴 작정이야. 그러면 그 녀석은 분명 빚을 못 갚고 자기 아버지에게로 달려갈 거야."

이제 마지막으로 이반에게 갔다 온 셋째 도깨비 차례가 되었다.

"네가 맡은 일은 어떻게 됐지?"

셋째 도깨비는 불만스러운 표정으로 말을 꺼냈다.

"사실 내 일은 잘 풀리지 않았어. 나는 먼저 그 녀석을 배탈이 나게 할 생각으로 놈의 밥그릇에 침을 뱉었지. 그러고는 밭으로 가서 땅을 돌처럼 딱딱하게 만들었어. 그렇게 하면 녀석도 밭을 갈지 못하리라 생각했지. 그런데 아, 그 바보 같은 녀석은 그 정도엔 신경도 쓰지 않고 묵묵히 쟁기질을 하는 거야. 배탈이 나 끙끙 앓으면서도 말이야.

그래서 나는 그 녀석의 쟁기를 부숴 놓았지. 그랬더니 집에 가서 새 쟁기를 가져와 갈아 끼우고는 다시 갈기 시작하는 거야. 그래서 나는 땅속으로 들어

가 쟁기를 움직이지 못하게 붙들어 보려고 안간힘을
썼지만 불가능했어. 그 녀석이 있는 힘껏 누르는데다
쟁기가 예리해서 내 손만 상처를 입었어.

결국 녀석은 밭을 거의 다 갈고 이제 얼마 남지 않
았지 뭐야. 그러니 친구들! 나를 좀 도와줘. 만일 우
리가 그 녀석을 막지 못하면 우리가 꾸민 일은 전부
헛수고가 되고 말 거야. 그 바보 녀석이 농사를 계속
짓는 한 그 녀석들은 어려움을 당하지 않을 거야. 결
국 그 바보가 두 형을 도와줄 테니까 말이야."

그러자 세몬을 맡고 있는 도깨비가 다음 날 도우러
가겠다고 약속했다. 도깨비들은 그렇게 결정하고 일
단 헤어졌다.

3

이반이 밭을 거의 갈아서 남아 있는 밭은 별로 없
었다. 그는 남은 밭을 마저 다 갈아 버리려고 말을
타고 밭에 도착했다. 말고삐를 잡아당겨 쟁기로 밭을
갈기 시작할 때였다. 그런데 무슨 일인지 쟁기가 앞
으로 나가지 않았다. 도깨비가 두 발로 쟁기 끝에 매
달려 쟁기를 움직이지 못하게 잡아당기고 있었기 때
문이었다.

"이상하네. 이곳에 걸릴 만한 게 없는데. 아마 나무뿌리겠지?"

이반은 땅속에 손을 넣어 보았다. 그러자 무엇인가 부드러운 것이 손에 닿았다. 이반은 그것을 움켜쥐고 끌어냈다. 그것은 나무뿌리 같은 검은 형체였는데 자세히 살펴보니 살아 있는 도깨비였다.

"아니, 이 빌어먹을 놈!"

이반은 도깨비를 집어 들어 땅에다 내리치려고 했다. 그러자 도깨비가 발버둥을 치면서 말했다.

"제발 살려 주세요. 그 대신 뭐든 시키는 대로 하겠습니다."

"뭘 해 주겠다는 거냐?"

"뭐든 말씀만 하십시오."

이반은 잠시 머리를 긁적이며 생각에 잠겼다.

"지금 배가 몹시 아픈데 낫게 할 수 있겠느냐?"

"그럼요, 낫게 해 드리지요."

도깨비는 땅 위에 몸을 웅크리고 손으로 이리저리 뒤져 가며 무엇인가를 찾더니 가지가 셋인 조그만 풀뿌리를 뽑아 이반에게 주었다.

"여기 있습니다. 이 뿌리 하나만 드시면 어떠한 병이라도 다 나을 수 있습니다."

이반은 뿌리 하나를 먹었다. 그러자 신통하게도 배 아픈 게 금방 나았다. 도깨비는 다시 애원했다.

"이제는 제발 놓아주십시오. 땅속
으로 들어가 다시는 나오지 않
겠습니다."

"그럼, 잘 가거라!"

이반의 말이 떨어지기도 전
에 도깨비는 물속에 던진 돌맹이처
럼 어느새 땅속으로 사라졌다. 그리고
그 자리엔 구멍 하나만 남아 있었다. 이
반은 남은 풀뿌리를 모자 속에 집어넣고
나머지 땅을 갈기 시작했다. 이어 나머지 이랑을 갈
고 쟁기를 챙겨 집으로 돌아왔다.

말을 매 놓고 집 안으로 들어가니 세몬이 그의 아
내와 저녁 식사를 하고 있었다. 논과 밭을 빼앗긴 두
사람은 간신히 감옥에서 도망쳐 나와 아버지 신세를
지려고 달려온 것이다. 세몬은 이반이 들어오는 것을
보고 이렇게 말했다.

"너에게 신세를 좀 져야겠다. 새로운 일자리가 생
길 때까지만 나와 집사람이 여기 있게 해 다오."

"네, 그렇게 하세요. 아무 걱정 마시고 내 집이다
생각하세요."

이반은 기분 좋게 대답했다.

그러나 이반이 자리에 막 앉자 세몬의 아내는 이반
에게서 땀 냄새가 난다며 인상을 찌푸렸다. 그녀가

남편에게 말했다.

"저는 고약한 냄새가 나는 농부와 함께 식사를 하는 게 싫어요."

그러자 세몬이 말했다.

"집사람이 너에게서 나는 냄새가 싫다고 하니 미안하지만 문간에서 먹었으면 좋겠다."

"그렇게 하세요. 안 그래도 곧바로 밤일을 하러 나가려고 했어요. 말에게 먹이도 줘야 하고……."

이반은 빵과 옷을 들고 밤일을 하기 위해 밖으로 나왔다.

4

세몬을 맡았던 도깨비는 그날 밤 일을 마치고 약속을 지키기 위해 이반을 맡은 도깨비를 찾아왔다. 하지만 밤늦도록 한참을 찾아다녀도 셋째 도깨비의 모습이 보이지 않았다. 그저 밭 가운데 구멍이 하나 뚫려 있을 뿐이었다.

"셋째에게 무슨 나쁜 일이 생긴 게 틀림없어. 그렇다면 내가 대신 할 수밖에. 밭을 다 갈았으니 이번에는 풀밭으로 가서 그 바보를 고생시켜야지."

도깨비는 목장으로 달려가 이반의 목초지에 큰물이 들게 했다. 그래서 땅은 온통 흙탕물투성이가 되었다. 그것도 모르고 이반은 밤새도록 가축을 지킨 후 새벽녘에 큰 낫을 들고 풀을 베러 나갔다.

이반은 초지에 도착하자마자 풀을 베기 시작했다. 그런데 여느 때와는 달리 한두 번만 낫질을 해도 날이 무뎌져 일을 할 수가 없었다. 이반은 여러 방법을 써 보았지만 허사였다.

"안 되겠어. 집에 가서 숫돌을 가져와야지. 간 김에 빵도 가져와야지. 일주일이 걸리더라도 이 풀을 다 베기 전에는 여기를 떠나지 않을 거야."

도깨비는 그 말을 듣고 곰곰이 생각했다.

"제기랄, 이 녀석은 정말 멍청하군! 이래선 안 되겠는걸. 다른 수를 써야겠다."

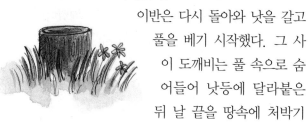

이반은 다시 돌아와 낫을 갈고 풀을 베기 시작했다. 그 사이 도깨비는 풀 속으로 숨어들어 낫등에 달라붙은 뒤 날 끝을 땅속에 처박기 시작했다. 결국 이반은 힘이 들어 기진맥진해졌다. 그래도 거의 다 베고 이제 물이 고인 늪지만 남았다. 도깨비는 늪 속으로 숨어들어가 이렇게 생각했다.

'내 손이 잘리더라도 절대로 베지 못하게 할 거야.'

이반은 늪지대로 갔다. 풀이 그렇게 억세 보이지는 않는데 어쩐 일인지 낫이 말을 듣지 않았다. 이반은 화가 나서 있는 힘을 다해 낫질을 해댔다. 그러자 도깨비는 도저히 배겨날 수가 없었다. 이젠 낫을 피하기조차 힘들었다. 정말 이러다간 끝장날 것 같았다. 그래서 도깨비는 풀 속으로 숨었지만 이반이 낫을 힘껏 휘두르는 바람에 도깨비의 꼬리가 절반이나 잘렸다.

풀을 다 벤 이반은 누이동생에게 그것을 긁어모으라고 말하고 이번에는 보리를 베러 갔다.

그가 갈고랑이 낫을 가지고 보리밭에 도착했을 때는 꼬리를 잘린 도깨비가 이미 보리를 마구 짓밟아 놓은 뒤였다. 갈고랑이 낫으로는 도저히 벨 수가 없을 것 같았다. 그래서 이반은 집으로 돌아가 다른 낫을 가지고 와 베기 시작하여 결국 모두 베었다.

"자, 이번에는 귀리를 베러 가야지."

꼬리를 잘린 도깨비는 그 말을 듣고 생각했다.

'이번에야말로 진짜 골탕을 먹여야지. 어디 내일 아침에 두고 보자!'

다음 날 아침 도깨비는 귀리 밭으로 달려가 보았다. 그런데 이게 웬일인가! 귀리는 벌써 다 베어져 있었다. 귀리 낟알이 떨어지는 것을 피하기 위해 이반

이 밤새 다 베어 놓은 것이다. 도깨비는 약이 바짝 올랐다.

"저 바보 녀석이 내 꼬리를 자르더니 또 나를 괴롭히는군. 전쟁에서도 이처럼 힘든 적은 없었는데 저 바보 녀석은 밤에도 잠을 자지 않으니 별 도리가 없군. 그렇다면 보리 더미에 숨어 들어가 모두 썩혀 버려야지."

도깨비는 보릿단 속에 숨어 들어가 썩히기 시작했다. 그런데 보릿단을 썩히기 위해 따뜻하게 하는 사이 자기도 모르게 잠이 들어 버렸다.

한편 이반은 암말에 수레를 채우고 누이동생과 같이 보릿단을 나르러 왔다. 그리고 보릿단을 짐수레에 싣기 시작했다. 이반은 두어 단 가량 던져 올리고 꾹꾹 눌렀다. 그러자 도깨비의 등이 눌려 버렸다. 감촉이 이상하다고 생각한 이반이 단을 치켜들어 보니 꼬리가 잘린 도깨비가 손끝에 매달려 바둥거리고 있었다.

"아니, 이것 봐라. 이런 못된 것이 있나. 다시는 안 나온다더니 또 나왔구나?"

"저는 아닙니다. 지난번에는 제 친구였어요. 저는 당신의 형인 세몬에게 붙어 있던 도깨비입니다."

"그래, 네가 어떤 놈이건 상관없다. 똑같은 꼴로 만들어 주겠다."

이반이 도깨비를 땅바닥에 내리치려고 하는데 도깨비가 애원하며 말했다.

"제발 용서해 주십시오. 다시는 나타나지 않겠습니다. 놓아주신다면 당신이 바라는 것은 무엇이든 해 드리겠습니다."

"그렇게 하지. 그런데 너는 무엇을 할 수 있느냐?"

"원하신다면 어떤 것으로도 군사를 만들 수 있습니다."

"그까짓 게 내게 무슨 소용이 있겠나?"

"아니지요. 군인은 당신이 하라는 대로 무엇이든 해드릴 것입니다."

"노래도 부를 수 있단 말이냐?"

"물론이지요."

"좋아, 어디 한번 해 보아라."

그러자 도깨비가 이렇게 말했다.

"이 보릿단을 한 단 들어 땅 위에 세워 놓고 흔들

면서 이렇게 말하기만 하면 됩니다. 명령이다. 너희
는 지금부터 보리가 아니다. 보릿단 수만큼 군인이
되어라."

이반은 도깨비가 시키는 대로 보릿단을 땅바닥에
세워 놓고 흔들면서 명령을 내렸다. 그러자 보릿단이
점점 흩어져 나팔을 불고 북을 치는 군사가 되었다.
이반은 너무나 신기하고 재미있어 큰 소리로 웃었다.

"네 녀석은 보통 재주꾼이 아니구나! 여자 애들이
이 광경을 보면 좋아하겠는걸."

"그럼 이제 저를 놓아주세요."

"아니야, 낟알도 털지 않은 보릿단으로 군인을 만
들면 곡식이 줄어드니 이 군인들을 다시 보릿단으로
되돌려 놓는 방법을 알려 줘야지."

그러자 도깨비가 말했다.

"그건 이렇게 하면 됩니다. 군인의
수만큼 보릿단이 되어라. 명령이다."

이반이 그대로 말하니까 다시 보
릿단이 되었다. 도깨비는 다시 애원
했다.

"이제는 저를 놓아주세요."

"좋아, 놓아주지."

이반은 도깨비를 땅바닥에 내려놓고
풀어 주었다.

"잘 가거라."

이반의 말이 채 끝나기도 전에 도깨비는 물속에 던진 돌처럼 눈 깜짝할 사이에 땅속으로 들어가 버렸다. 그곳에도 역시 구멍이 하나 남아 있을 뿐이었다.

저녁이 되자 이반은 집으로 돌아왔다. 집에는 둘째 형인 타라스가 아내와 함께 저녁을 먹고 있었다. 배불뚝이 타라스는 빚을 갚지 못하자 남 몰래 도망쳐 아버지에게 온 것이다.

그는 이반을 보자마자 사정을 했다.

"이반, 내가 다시 장사를 시작할 때까지 집사람하고 나를 좀 먹여 다오."

"그렇게 하세요."

이반은 웃으며 겉옷을 벗고 식탁에 앉았다. 그러자 타라스의 아내가 말했다.

"나는 몸에서 고약한 냄새가 나는 이반과는 같이 밥을 먹을 수가 없어요."

그러자 타라스가 말했다.

"이반아, 너에게서 냄새가 많이 나는구나. 저기 문간에서 먹어라."

"네, 그렇게 하죠."

이반이 대답했다. 그러고는 빵을 가지고 밖으로 나갔다.

"그러지 않아도 밤일 나갈 시간이 되었어요. 말에게 먹이도 주어야 하고요."

5

둘째 도깨비는 그날 밤 일이 끝나자 약속한 대로 친구를 도와 이반을 골탕 먹이려고 타라스가 있는 곳에서 이반이 있는 곳으로 달려왔다. 그리고 밭에 나가 여기저기 친구를 찾아보았지만 찾을 수가 없었다. 다만 늪에서 잘려 나간 동료의 꼬리만 발견했을 뿐이었다. 그리고 보리를 베어 낸 자리에서 또 하나의 구멍을 발견했다.

"이건 아무래도 친구들에게 좋지 않은 일이 있었다는 증거야. 그렇다면 내가 그들을 대신해서 그 바보 녀석을 혼내 줘야지."

도깨비는 이반을 찾으러 탈곡장으로 갔다. 그러나 이반은 벌써 밭일을  마치고 숲 속에서 나무를 베고 있었다. 집에 와 있는 두 형제가 같이 사는 것에 싫증을 느끼자 따로 살 집을 지을 나무를 해 오라고 이반에게 말한 것이다.

도깨비는 나무에 기어 올라가서 이반이 나무 베는

것을 방해하기 시작했다. 이반은 나무가 쓰러질 때 가지에 걸리지 않도록 나무 밑둥을 잘라 넘어지게 했다. 그러나 이상하게도 매번 다른 방향으로 나무가 쓰러져 나뭇가지에 걸리고 말았다. 이반은 할 수 없이 지렛대를 만들어 방향을 틀어가며 겨우 나무를 쓰러뜨렸다.

이반은 계속 나무를 베었다. 역시 나무는 다른 방향으로 쓰러졌다. 이반은 몹시 지쳐 가까스로 나무를 쓰러뜨렸다. 그리고 세 번째 나무를 베었다. 그것도 마찬가지였다. 이반은 한 오십 그루쯤은 벨 수 있을 것이라고 생각했지만 의외로 힘이 들어 열 그루도 베기 전에 날이 어두워졌다. 이반은 몹시 지쳤다.

그의 몸에서는 마치 안개처럼 김이 모락모락 피어올랐다. 그래도 그는 쉬지 않고 일을 했다. 또 한 그루를 베고 나자 몸에서 힘이 빠지고 등이 쑤시기 시작했다. 그래서 도끼를 나무에 박아 놓고 주저앉아 조금 쉬기로 했다. 도깨비는 이반이 지쳐서 잠잠해진 것을 보고 기뻐서 날뛰었다.

"그러면 그렇지. 이제는 지쳤군. 나도 좀 쉬어 볼까."

도깨비는 나뭇가지에 걸터앉아 내심 기뻐하고 있었다. 그런데 이반은 곧바로 일어나 도끼를 들고 반대쪽으로 나무를 내리쳤다. 그러자 나무는 별안간 우지직

소리를 내면서 쓰러졌다. 도깨비는 너무 갑작스러운 일이라 미처 피할 겨를도 없이 나뭇가지 사이에 손이 끼고 말았다. 그것을 보고 이반은 또 한번 놀랐다.

"아니, 이 고약한 놈이 다시 나타났네!"

"저는 아닙니다. 저는 당신의 형님 타라스에게 붙어 있던 도깨비입니다."

"필요 없어. 네가 어디 있었건 마찬가지야."

이반은 도끼를 번쩍 치켜들어 도깨비의 등을 내리치려고 했다. 그러자 도깨비가 빌며 애원했다.

"제발 내리치지 마십시오. 원하시는 것은 무엇이든 해드리겠습니다."

"너는 무엇을 할 수 있지?"

"나는 당신이 원하는 만큼 돈을 만들어 드릴 수 있습니다."

"그럼, 어디 한번 만들어 보아라."

그러자 도깨비는 이반에게 이렇게 말했다.

"이 떡갈나무 잎을 들고 두 손으로 문지르십시오. 그러면 금화가 땅바닥에 떨어질 것입니다."

이반은 나뭇잎을 들고 문지르기 시작했다. 그랬더니 과연 누런 금화가 잔뜩 쏟아졌다.

"그것 참 재미있는데. 아이들하고 놀기에 안성맞춤인걸."

"그러면 이제 저를 놓아주시는 거죠?"

"좋아, 놓아주지!"

이반은 지렛대를 들고 도깨비를 나무 사이에서 빼내 주었다.

"잘 가거라."

이번에도 이반의 말이 떨어지자마자 도깨비는 돌이 물에 던져지기라도 한 것처럼 눈 깜짝할 사이에 땅속으로 숨어 버렸다. 그리고 거기엔 구멍 하나가 뚫렸다.

6

형제들은 집을 지어 따로따로 살게 되었다. 그러던 어느 날, 이반은 밭일을 다 마치고 맥주를 만들어 형들을 초대했다. 그러나 형들은 이반의 초대를 무시했다.

"우리는 농부들의 음식을 먹어 본 일이 없다."

그들은 그렇게 말하고 참석하지 않았다.

할 수 없이 이반은 마을 사람들을 불러 잔치를 베풀었다. 그리고 술이 거나하게 취하자 춤판이 벌어진 공터로 나갔다. 이반은 춤판으로 다가가 여자들에게 자기를 칭찬해 달라고 부탁했다.

"칭찬을 해 주면 나는 여러분이 지금까지 한 번도 구경한 적이 없는 것을 보여 주겠습니다."

여자들은 모두 미소를 지으며 그를 칭찬해 주었다. 그리고는 이반에게 말했다.

"이제 저희에게 보여 주셔야죠."

"알았어요. 곧 보여 줄께요."

이반은 씨앗 상자를 가지고 숲 쪽으로 뛰어갔다. 여자들은 그 광경을 보고 '어머나, 저 바보 좀 봐!' 하고 비웃었다. 그리고 그의 일은 곧 잊어버렸다. 그런데 이반이 무엇인가를 가득 채운 상자를 들고 다시 돌아왔다.

"나누어 줄까요?"

"그게 뭐예요? 어서 나눠 주세요."

이반은 금화를 한 주먹 쥐어 여자들에게 던졌다. 금화가 여자들 앞에 떨어지자 갑자기 소란스러워졌다. 여자들은 서로 금화를 차지하려고 몰려들었고 농부들도 앞을 다투어 몰려왔다.

춤판은 서로 금화를 잡으려고 아우성치는 난장판이 되었다. 어떤 노인은 하마터면 깔릴 뻔했다. 이반은 이 광경을 보고 계속 웃어댔다.

"서로 싸우지 말아요. 더 가져다 줄 테니까."

그는 다시 금화를 뿌리기 시작했다. 수많은 사람들이 계속해서 떼를 지어 몰려왔다. 이반은 상자에 있는 것을 모두 뿌렸다. 모인 사람들은 더 달라고 난리였다. 그러자 이반이 말했다.

"이제는 없어요. 다음에 또 줄께요. 자, 이제 춤을 출까요. 좋은 노래를 불러 봐요."

그러자 여자들이 춤을 추며 노래를 부르기 시작했다.

"여러분의 노래는 재미없어요."

이반이 그렇게 말하자 여자들이 물어보았다.

"그럼 어떤 게 재미있어요?"

"내가 정말 재미있는 걸 보여 주지요."

이반은 헛간으로 가서 보릿단을 하나 들고 낟알을 턴 후 그것을 세워 놓고 흔들면서 말했다.

"명령이다. 보릿단 수만큼 군사가 되어라."

그러자 짚단이 흩어지면서 군사가 되더니 북을 치며 나팔을 불었다. 이반은 군사들에게 노래를 부르라고 명령하고 그들과 함께 큰길로 행진을 했다. 사람들은 눈이 휘둥그레졌다.

이반은 누구도 자기를 따라와서는 안 된다고 당부하고는 그들을 다시 헛간으로 데리고 가 원래대로 짚단이 되게 한 뒤 건초 더미 위에 던졌다. 그리고 집에 돌아와 잠자리에 들었다.

7

다음 날 아침 맏형인 세몬이 어제 있었던 일을 알고 이반을 찾아왔다.

"모두 얘기해라. 너는 도대체 그 군사들을 어디서 데려와서 어디로 데려갔지?"

"그것을 알아서 뭐해요?"

"무얼 하냐고? 군사만 있으면 뭐든지 할 수 있어. 한 나라를 얻을 수도 있어."

그 말을 듣고 이반은 깜짝 놀랐다.

"그럼 왜 빨리 말씀하시지 않으셨어요? 알았어요. 원하시는 대로 만들어 드리죠. 마침 누이동생과 둘이서 보릿단을 많이 마련해 두었으니까요."

이반은 맏형을 헛간으로 데리고 가서 이렇게 말했다.

"군사는 원하는 대로 만들어 드릴께요. 하지만 군
사들을 데리고 여길 떠나야 합니다. 그렇지 않으면
그 군사들을 먹여 살리느라고 온 마을의 양식이 하루
에 다 없어지니까요."

세몬은 군사를 다 데리고 가
겠다고 약속했다. 이반은 군사
들을 만들어 내기 시작했다. 보

릿단을 탈곡장에서 내리치자 1개 중대의 군사가 나타
났다. 다시 한 번 내리치면 또 1개 중대가 되었다. 이
리하여 그는 온 들판이 가득 채워질 만큼 수많은 군
사를 만들어냈다.

"어때요? 이제 됐나요?"

세몬은 매우 기뻐 어쩔 줄 몰라하며 말했다.

"됐어, 이제 그만 해. 고맙다, 이반."

"아닙니다. 만일 더 필요하시다면 언제든지 말씀만
하세요. 얼마든지 만들어 드릴께요. 요즘은 보릿단이
많이 있으니까요."

그렇게 해서 세몬은 군대를 통솔하여 행렬을 갖추
게 하고 싸움터로 나갔다. 세몬이 떠나자 이번에는
배불뚝이 타라스가 찾아왔다. 그도 어제의 사건을 알
고 있었던 것이다. 그는 이반에게 부탁했다.

"숨기지 말고 말해라. 그 금화를 어디서 가져왔지?
만일 나에게 마음대로 쓸 수 있는 돈이 있다면 나는

그걸로 온 세상의 돈을 다 가질 수 있단다."

이반은 깜짝 놀랐다.

"그래요? 진작 말씀하시지 않고요. 형님이 원하시는 대로 만들어 드리겠습니다."

형은 매우 기뻐했다.

"나는 씨앗 상자로 세 상자만 채우면 된다."

"그렇게 하죠. 숲 속으로 가시죠. 말을 준비해 가야겠어요. 운반하기가 힘들 테니까요."

두 형제는 숲으로 갔다. 그리고 이반은 떡갈나무에서 잎을 따 문지르기 시작했다. 그러자 금화가 툭툭 떨어져 수북하게 쌓였다.

"이만하면 됐나요?"

타라스는 기뻐서 어쩔 줄을 몰랐다.

"그래, 충분하다. 고맙다, 이반."

"아닙니다. 더 필요하시면 언제든지 오세요. 얼마든지 만들어 드릴게요. 나뭇잎은 많이 있으니까요."

그렇게 해서 배불뚝이 타라스는 말에다 금화를 가득 싣고 장사를 하러 떠났다.

이렇게 하여 두 형은 떠났다. 세몬은 전쟁터로 나갔고 타라스는 장사를 시작했다. 그리고 세몬은 나라를 정복했고 배불뚝이 타라스는 엄청난 재산을 모았다.

어느 날, 이들 두 형제가 한자리에 모였다. 그리고 그동안 일어난 일을 숨김없이 털어놓았다. 세몬은 어디서 군대를 얻었는지 또 타라스는 어디서 장사 밑천을 마련했는지에 대해 얘기했다.

세몬이 동생에게 말했다.

"나는 나라를 얻어 잘 지내고 있지만 돈이 부족해. 군사를 먹여 살릴 돈 말이야."

그러자 배불뚝이 타라스가 말했다.

"나는 돈은 모았는데 그것을 지켜 줄 사람이 한 명도 없습니다."

두 형제는 다시 이반을 찾아왔다. 이반의 집에 도착하자 세몬은 이렇게 말했다.

"이반, 아무래도 군사가 좀 모자란다. 그러니 군사를 더 만들어 주었으면 좋겠다. 조금이라도."

이반은 고개를 내저었다.

"안 됩니다. 형님에게 더 이상 군사를 만들어 드리지 않겠습니다."

"왜 그러는 거야. 지난번에는 필요하면 언제든지 만들어 주겠다고 말했잖아?"

"그랬죠. 그렇지만 이제는 더 이상 만들어 드리지 않겠습니다."

"도대체 왜 그래, 이 바보 녀석아!"

"왜냐하면 형님의 군사가 살인을 했기 때문입니다.

얼마 전 내가 길가의 밭을 갈고 있는데 한 부인이 그 길로 관을 메고 가면서 통곡을 했어요. 그래서 누가 죽었느냐고 물어보았죠. 그랬더니 그 부인이 이렇게 말했어요. '세몬의 군사들이 전쟁에서 내 남편을 죽였습니다.' 라고 말이에요. 군대란 노래만 하는 것으로 알았는데 사람을 죽였어요. 그래서 나는 이제 더 이상 군사를 만들지 않기로 결심했어요."

이렇게 말하면서 이반은 더 이상 군사를 만들지 않았다.

한편 배불뚝이 타라스도 이반에게 찾아와 금화를 더 만들어 달라고 사정했다. 그러자 이반은 고개를 저으며 안 된다고 말했다.

"이제 더 이상 금화를 만들지 않겠습니다."

"왜? 너는 얼마든지 만들어 주겠다고 말했잖아?"

"약속은 했었죠. 하지만 이제는 더 만들지 않겠어요."

이반은 단호히 거절했다.

"이 바보야! 어째서 만들지 않겠다는 거야?"

"왜냐하면 형님의 금화가 미하일로프에게서 암소를 빼앗아 갔기 때문이죠."

"어떻게 빼앗겼다는 거냐?"

"미하일로프에게 암소 한 마리가 있었고 어린아이

들은 그 우유를 마셨어요. 그런데 얼마 전에 그 아이들이 찾아와 우유를 달라고 계속 졸라대는 거예요. 그래서 그 아이들에게 물어보았죠.

'너희 암소는 어떻게 했니?' 그랬더니 끌려갔다는 거예요. 누가 끌고 갔는지 물었더니 타라스의 관리인이 찾아와 엄마에게 금화 세 개를 주고 암소를 가져갔다고 했어요. 그래서 먹을 우유가 없어진 거죠. 나는 형님이 금화를 장난감으로 삼고 있는 줄 알았는데 어린아이들에게서 암소를 빼앗아 가 버렸어요. 그러니 이젠 절대로 형님에게 금화를 만들어 드리지 않겠습니다."

이반은 좀처럼 자기 고집을 꺾지 않았고 더 이상 금화를 만들어 주지 않았다. 그래서 두 형은 헛수고만 하고 집으로 돌아갔다. 두 형은 돌아가는 길에 어떤 방법으로 서로 도울 것인지에 대해서 의논했다.

세몬이 먼저 말을 꺼냈다.

"이러면 어떨까? 네가 나에게 군사들을 먹여 살릴 돈을 주고  나는 너에게 군대 절반을 보내는 거야. 네 재산을 지키도록 말이야."

그러자 타라스도 동의했다. 그렇게 해서 두 형제는 재산을 나누어 가진 뒤 둘 다 왕이 되고 부자가 되었다.

8

　형들과는 상관없이 이반은 줄곧 자기 집에서 부모를 모시고 벙어리 누이동생과 함께 들에서 일을 하며 살았다.

　그러던 어느 날, 이반네 집의 늙은 개가 병이 들어 죽어가고 있었다. 가엾게 생각한 이반은 누이에게서 빵을 받아 모자 속에 넣어 두었다가 개에게 주었다.

　그런데 모자에 구멍이 뚫려 빵과 함께 조그만 뿌리 하나가 땅에 떨어졌다. 늙은 개는 빵과 함께 그 뿌리를 먹었다. 그러더니 갑자기 뛰어오르며 장난을 치기도 하고 힘차게 짖어대면서 꼬리를 흔들었다. 병이 깨끗이 나은 것이다.

　그 광경을 보고 부모는 깜짝 놀랐다.

　"무엇으로 개를 고쳤느냐?"

　그러자 이반이 말했다.

　"저는 어떤 병이든 고칠 수 있는 풀뿌리를 두 개 가지고 있었는데 개가 그 중 하나를 먹었어요."

　그 무렵 나라에는 큰 걱정거리 하나가 있었다. 왕의 딸이 병이 들자 왕은 방방곡곡에 방을 붙여 누구든지 공주의 병을 고치는 자에게는 큰 상을 내릴 것이며, 만일 미혼자라면 공주와 결혼을 시키겠다고 했

다. 물론 이반이 사는 마을에도 방이 붙었다.

그것을 안 부모가 이반을 불러 놓고 말했다.

"너도 공주에 대해 들었겠지? 너는 모든 병을 고친다는 풀뿌리를 갖고 있다고 했는데 그렇다면 네가 가서 공주님의 병을 고쳐 보지 않겠니? 그러면 너는 한평생 부귀영화를 누리게 될 것이다."

"그럼 부모님 말씀대로 하죠."

이반은 곧 떠날 준비를 했다. 부모가 외출복을 입혀 주자 이반은 현관으로 나갔다. 그런데 현관 앞에 손이 굽은 여자 거지가 서 있었다.

"당신은 어떤 병이든 다 고칠 수 있다고 들었는데 내 손도 좀 고쳐 주세요. 이대로는 신발도 신지 못해요."

"고쳐 드릴께요."

이반은 풀뿌리를 꺼내 여자 거지에게 주었다. 여자 거지는 그것을 받아먹자마자 병이 나아 즉시 손을 쓸 수 있게 되었다. 하지만 부모는 이반이 한 개밖에 없는 풀뿌리를 여자 거지에게 주어버리자 노발대발하며 욕을 퍼붓기 시작했다. 공주의 병을 고칠 수 없게 되었기 때문이었다.

"이 얼빠진 놈아! 그래 거지 따위는 가엾게 여기고 공주는 가엾게 여기지 않느냐?"

그 말을 들으니 이반은 공주도 가엾게 생각되었다. 그래서 그는 말에 수레를 채우고 급히 짚을 싣고 떠나려고 했다.

"도대체 어디로 가려는 거냐! 이 바보 녀석아!"

"공주님의 병을 고쳐 드리려고 떠나는 거죠."

"하지만 공주님의 병을 고쳐 드릴 풀뿌리가 없지 않느냐?"

"걱정할 것 없어요."

그리고 이반이 말을 몰아 성문 앞에 내려서자마자 공주의 병은 금세 나았다. 왕은 크게 기뻐하며 이반을 불러들여 훌륭한 옷을 입히라고 명령했다.

"지금부터 그대는 내 사위로다."

"네, 황공합니다."

그리하여 이반은 공주와 결혼했다. 얼마 후 왕이 죽자 이반은 그 자리를 물려받아 왕이 되었다. 이렇게 하여 세 형제는 모두 왕이 되었다.

9

세 형제는 각자 자신의 나라를 다스리며 잘 살았다. 큰형 세몬은 풍요롭게 살고 있었다. 그는 짚으로

만든 군사를 밑바탕으로 진짜 군사들을 모아 군대를
만들었다. 전국에 명령을 내려 각 집마다 한 명씩 건
장한 남자들을 모아 군대를 만든 것이다. 세몬은 모
집한 군사들을 잘 훈련시켰다. 그리고 누구든지 그에
게 대항하거나 복종하지 않는 자가 있으면 군사들을
보내 혼내 주었다. 사람들은 그를 두려워했다.

그의 생활은 정말로 호화로웠다. 그가 생각하는 것,
그의 눈에 띄는 것은 무엇이든 그의 소유가 되었다.
군대만 동원하면 군사들은 그가 원하는 것은 무엇이
나 탈취하고 끌어왔다.

한편 타라스의 생활도
호화롭기 그지없었다. 그
는 이반에게서 얻은 돈을
낭비하지 않고 그것을 밑
천으로 큰 재산을 모았다.
그리고 그 역시 자기 나라
에 그럴듯한 법을 만들어 놓고 백성에게서 교묘히 돈
을 거두어들였다. 그는 인두세, 주세, 결혼세, 장례
세, 통행세, 거마세를 비롯해 심지어는 신발세, 양말
세, 의류세까지 뜯어냈다. 그러자 그에게는 없는 것
이 없게 되었다. 돈이 없는 백성에게서 소, 돼지, 닭
등을 빼앗았고, 그것도 없는 사람은 노역으로 세금을
대신하도록 했다.

바보 이반의 생활도 나쁘지는 않
았다. 왕의 장례가 끝나자 그는 왕
의 옷을 벗어 왕비의 옷장에 넣어
두었다. 그리고 그전처럼 농부 옷으
로 갈아입고 일을 했다.

"도무지 따분해서 못 견디겠어. 배에 자꾸 살만 찌
니까 마음대로 먹지도 못하고 잠을 잘 수도 없어."

그래서 이반은 부모와 벙어리인 누이를 불러와 옛
날처럼 일을 시작했다. 그러자 사람들이 이렇게 말
했다.

"당신은 왕이 아니십니까?"

"상관없어. 왕도 먹어야 하니까!"

그때 신하들이 이렇게 말했다.

"국고가 비어 관리들에게 급료를 줄 수 없습니다."

이반이 대답했다.

"걱정할 것 없소. 돈이 없으면 주지 않으면 그만이
잖소."

신하들이 대답했다.

"그러면 아무도 일을 하지 않을 것입니다."

"그러면 마음대로 하라고 하시오. 일을 안 해도 좋
소. 결국은 일을 하게 될 테니까. 모두 거름이나 가
져오도록 하시오. 그자들은 거름을 많이 만들어 놓았
을 거요."

그러던 어느 날, 사람들이 이반에게 재판을 해 달라고 찾아왔다. 그 중 한 사람이 말했다.

"이놈이 돈을 훔쳐갔습니다."

그러자 이반이 말했다.

"아, 그래? 좋아, 좋아! 이 자는 돈이 필요했던 거야."

그러자 이반이 바보라는 것을 모두 알게 되었다. 왕비가 그에게 말했다.

"모두 당신을 바보라고 말하고 있습니다."

"걱정하지 말아요."

이반의 아내는 생각하고 또 생각했다. 그러나 그녀 역시 바보였다.

"제가 어떻게 남편을 거역할 수 있겠습니까? 바늘 가는 대로 실이 따라가야지요."

이렇게 말하고 그녀도 왕비 옷을 벗어 옷장 속에 넣어 두고 벙어리 시누이에게 농사일을 배우고, 남편을 도왔다.

그렇게 되자 똑똑한 사람들은 모두 떠나 버리고 남은 사람은 바보들뿐이었다. 돈이란 것은 어느 누구에게도 없었다. 모두 스스로 일을 해서 먹고 살았고 더불어 이웃 사람들과 서로 도우며 살았다.

10

도깨비 두목은 부하 도깨비들에게서 세 형제를 파멸시켰다는 소식이 오기를 학수고대하고 있었다. 그러나 아무런 소식도 없었다. 그래서 어떻게 된 일인지 알아보기 위해 직접 나서서 이곳저곳을 찾아다녔다. 그러나 찾아낸 것은 세 개의 구멍뿐이었다.

"음, 아무래도 실패한 모양이군. 그렇다면 내가 직접 해치울 수밖에 없지."

그는 세 형제를 찾으러 갔으나 이미 옛날에 살던 곳에는 없었다. 결국 그는 세 형제를 각기 다른 곳에서 찾아냈다. 셋은 모두 왕이 되어 나라를 다스리고 있었다.

도깨비 도목은 혼잣말로 중얼거렸다.

'결과가 이러니 내가 직접 나서야겠군.'

그는 우선 세몬의 나라로 갔다. 그리고 도깨비 모

습이 아니라 장군으로 위장하여 세몬 왕을 찾아갔다.

"사람들의 말에 의하면 세몬 왕께서는 훌륭한 군인이었다고 들었습니다. 저는 군사와 전쟁에 대해 아는 바가 없지만 전하께 충성을 다하고자 합니다."

그러자 세몬 왕은 그에게 여러 가지를 물어본 후 훌륭한 인물이라고 여겨 신하로 삼기로 했다.

장군으로 기용된 도깨비는 강력한 군대를 만드는 방법을 세몬 왕에게 제시했다.

"첫째, 아주 많은 군사를 모집해야 합니다. 왜냐하면 이 나라에는 편안하게 지내려는 백성이 너무 많습니다. 젊은 사람들은 누구를 막론하고 모두 징집하셔야 합니다. 그들은 당신을 위해 싸울 것입니다. 둘째, 최신식 소총과 대포를 만들어야 합니다. 한 번에 백 알의 총알이 나가는 소총을 만들겠습니다. 그리고 무엇이나 태워 버리는 무서운 성능의 대포도 만들겠습니다. 이 대포는 사람은 물론 성도 무너뜨리고 태워 버릴 것입니다."

세몬 왕은 새로 기용한 장군의 제안을 받아들였다. 그는 젊은이는 모두 군대에 징집할 것을 명령하고 또 공장을

세워 최신식 소총과 대포를
만들어 이웃 나라에 선전포고를
했다. 싸움이 시작되자마자 세몬
왕은 적군을 향해 총포를 퍼부으라
고 명령하여 단번에 쳐부수고 절반을
불태워 버렸다. 이웃 나라 왕은 곧 항복
하고 나라를 바쳤다. 그러자 세몬은 매
우 기뻐하며 자신 있게 말했다.

"이번에는 인도를 정복해야지."

하지만 세몬의 소문을 들은 인도
왕은 그의 전술 전략을 완전히 파
악하고 그것을 이용해 새로운 계략을 짜냈다. 게다가
그는 소총과 대포 만드는 법도 알아냈다.

마침내 세몬은 인도 왕에게 싸움을 걸었다. 그러나
예리한 낫도 영원히 예리한 것은 아니었다. 인도 왕
은 세몬의 군대가 사정권 안까지 들어오지 못하게 하
고 여자 병사들에게 하늘을 날게 하여 적군의 머리
위에서 폭탄을 퍼부었다. 여자 병사들은 마치 진딧물
에다 약을 뿌리는 것처럼 세몬의 군대에 폭탄을 퍼부
었고, 혼비백산한 세몬의 군대는 뿔뿔이 흩어졌다. 결
국 세몬 왕은 인도 왕에게 나라를 빼앗겼다.

도깨비 두목은 세몬을 해치우고 이번에는 타라스
왕에게 찾아갔다. 그는 상인으로 변장하여 타라스의

나라에서 자리를 잡고, 많은 사람에게 선심을 쓰면서 돈을 물 쓰듯 쓰기 시작했다. 이 상인은 모든 물건을 비싼 값으로 사 주었기 때문에 백성은 모두 그를 찾아왔다. 이리하여 백성의 형편이 좋아졌고, 돈 사정이 좋아지니 세금도 제때에 잘 걷혔다. 그러자 타라스 왕은 매우 기뻐했다.

"참 고마운 상인이군. 내 나라는 점점 많은 돈이 생겨나고 살기가 더욱 좋아지고 있구나."

타라스 왕은 자기를 위해 새 궁전을 짓기 시작했다. 목재며 돌을 나르는 등 새 궁전 짓는 일에 종사하는 모든 백성에게는 많은 품삯을 주겠다고 말했다. 타라스 왕은 그 정도면 전처럼 백성이 일하러 몰려올 거라고 생각했다.

그런데 목재와 돌은 모두 그 상인에게 실려가고 일꾼들도 모조리 그에게 몰려갔다. 타라스는 할 수 없이 품삯을 대폭 올렸지만 상인은 그것보다 더 많은 돈을 주어 타라스 왕을 곤경에 빠뜨렸다.

궁전은 착공만 하고 완성을 하지 못하고 있었다. 타라스 왕은 정원을 만들 계획도 갖고 있었다. 가을이 되자 타라스 왕은 백성에게 정원을 만들라고 명령했다. 그러나 아무도 오지 않았다. 백성들은 상인의 연못을 파러 몰려갔던 것이다.

겨울이 왔다. 타라스 왕은 신하에게 새로운 모피

코트를 만들 검은담비 가죽을 사 오라고 명령했다. 그러나 신하는 빈손으로 돌아와 이렇게 말했다.

"담비는 없습니다. 상인이 모조리 사 버렸기 때문입니다. 그자는 비싼 값을 주고 산 담비 가죽으로 방석을 만들었다고 합니다."

그 다음 타라스 왕은 종마를 사야겠다고 생각했다. 그래서 신하에게 종마를 사 오라고 했다. 하지만 이번에도 신하는 빈손으로 돌아와 이렇게 말했다.

"좋은 말은 그 상인이 다 사 버렸습니다. 그 말들은 상인의 연못에 물을 실어 나르고 있습니다."

이렇듯 모든 사람이 왕을 외면한 채 상인의 일만 거들어 주었다. 그리고 상인에게서 받은 돈으로 세금을 냈다.

왕은 세금을 엄청나게 모을 수 있었다. 너무 많은 세금 때문에 주체할 수 없을 지경에 이르렀다. 게다가 돈은 많아도 당장 생활하는 데 불편을 느끼기 시작했다. 이제 왕은 다른 계획을 모두 접고 살 궁리를 해야 했다.

그러나 결국 모든 생활은 엉망이 되고 말았다. 요리사, 하인, 마부, 여종 모두 상인에게 가 버린 것이다. 마침내 곡식마저 부족하게 되었다. 시장으로 사람을 보내 식량을 구하려고 했지만 모든 물건은 상인이 다 사들여 아무것도 살 수가 없었다. 왕은 그저

세금만 거둬들일 뿐 다른 것은 아무 것도 구할 수 없었다.

그러자 왕은 화가 나서 상인을 나라 밖으로 내쫓았으나 상인은 나라 밖으로 나가지 않고 국경에 자리를 잡은 채 똑같은 짓을 계속했다. 모두 돈 때문에 왕을 배반하고 상인에게 몰려 갔다. 왕의 사정은 매우 심각했다. 며칠째 음식을 먹지 못했고 심지어 상인이 왕비를 돈으로 사려 한다는 소문까지 나돌았다. 상황이 이렇게 되자 타라스는 거의 미칠 지경이 되었다.

그러던 어느 날 세몬이 타라스를 찾아와 말했다.

"날 좀 도와 다오. 내가 인도 왕에게 패해서 도망자 신세가 됐구나."

배불뚝이 타라스도 뱃가죽이 등에 붙을 지경이었다.

"저도 지금 이틀째 아무것도 먹지 못하고 있어요."

11

도깨비 두목은 두 형제를 곤경에 몰아넣고 이번에는 이반을 찾아갔다. 도깨비는 장군으로 변장하고 이반에게 군대를 만들 것을 권했다.

"왕께서 군대가 없다는 것은 매우 위험한 일입니다. 위신에도 맞지 않지요. 명령만 내리신다면 제가 백성 중에서 군사를 뽑아 훌륭한 군대를 만들겠습니다."

그 말을 듣고 이반이 대답했다.

"맞는 말이오. 그렇게 하시오. 그리고 군사들이 노래를 잘 부르도록 가르치시오. 나는 노래를 잘 부르는 군사를 좋아하니까."

도깨비 두목은 이반의 나라를 돌아다니며 지원병을 모집하기 시작했다. 군사가 되는 백성은 비싼 술과 빨간 모자를 준다고 선전했다. 그러자 바보들이 비웃으며 말했다.

"술은 우리한테도 얼마든지 있어요. 우리 손으로 직접 술을 빚으니까요. 그리고 모자도 여자들이 다 만들어 주니까 필요 없어요. 알록달록한 것부터 레이스가 달린 것까지 없는 게 없지요."

결국 아무도 군대에 지원하는 사람이 없었다. 그러자 도깨비 두목은 이반에게 이렇게 말했다.

"이 나라의 바보 백성은 자원해서 군사가 되려 하

지 않습니다. 그러니 강제로 군사를 모
집해야겠습니다."

"그래, 그것도 좋은 생각이오. 그럼
권력을 써서 군사를 모으시오."

도깨비 두목은 포고령을 내렸다.

"이 나라 백성들은 모두 군사가 되
어야 한다. 명령을 어기는 자는 사형에 처할 것이다."

그러자 바보들은 장군에게 달려와 이렇게 말했다.

"군대에 지원하지 않으면 왕께서 사형을 한다고 하
는데, 만약 우리가 군사가 되면 어떻게 되는 건가요?
군사가 되면 전쟁에 나가 목숨을 잃을 수 있다고 하
던데……."

"그래, 그럴 수도 있어."

그 대답을 듣자 바보들은 군사가 되지 않겠다고 더
욱 고집을 부렸다.

"그렇다면 군사가 되지 않겠습니다. 어차피 죽을
거 집에서 죽겠어요."

"이 바보들아, 군사가 된다고 다 죽는 건 아니야.
하지만 군사가 되지 않으면 틀림없이 왕이 사형을 내
릴 것이다."

그러자 바보들은 곰곰 생각하다가 이반에게 직접
물어보기 위해 달려갔다.

"장군님이 우리에게 모두 군사가 되라고 하는데 군

사가 되면 전쟁터에서 죽을 수도 있어요. 하지만 군사가 되지 않으면 왕께서 사형을 내린다고 하던데 그게 정말인가요?"

그러자 이반이 껄껄 웃으며 대답했다.

"어찌 나 혼자 당신들을 다 죽일 수 있겠느냐? 내가 바보가 아니라면 자세히 말해 주겠지만 나자신도 바보이니 어찌 된 영문인지 모르겠다."

"그럼 우리는 군사가 되지 않겠습니다."

"그렇게 하거라. 군사가 되지 않아도 좋다."

바보들은 장군에게 달려가 군사가 되지 않겠다고 말했다. 일이 생각대로 되지 않자 도깨비 두목은 이웃 나라의 타라칸 왕에게 가서 전쟁을 일으키도록 부추기기 시작했다.

"이번 기회에 전쟁을 일으켜서 이반 왕을 굴복시킵시다. 그 나라에는 돈은 없지만 곡식과 가축은 많답니다."

그 소리를 들은 타라칸 왕은 전쟁을 일으킬 결심을 했다. 먼저 군사를 모으고 총과 대포를 준비해 국경을 넘어 이반의 나라를 쳐들어갔다. 그러자 백성들이 말했다.

"타라칸 왕이 전쟁을 시작했습니다."

하지만 이반은 별로 신경 쓰는 기색이 아니었다.

"뭐 큰일이야 있을라고. 전쟁을 할 테면 하라고
해."

타라칸 왕은 국경을 넘자 이반의 군대를 염탐하기
위해 선발대를 보냈다. 하지만 아무리 돌아다니며 염
탐을 해 보아도 이반의 나라엔 군사들이 보이지 않았
다. 타라칸 왕은 이반의 군대가 어딘가 함정을 파 놓
고 기다리고 있을지 모른다고 생각했다. 그래서 진격
을 하지 않은 채 오랫동안 국경 근처에서 기다렸다.
그러나 아무리 기다려도 군대에 대한 소문은 들려오
지 않았다. 싸움을 하려 해도 싸울 상대가 없었다.

기다리다 못해 타라칸 왕은 군사를 보내 마을을 점
령하도록 했다. 그러자 바보들이 뛰어나와 군사들을
보고 깜짝 놀라는 것 같았다. 군사들은 바보들의 마
을에서 가축과 곡식을 약탈했다. 하지만 바보들은 모
든 재산을 달라는 대로 다 내어 주고도 아까워하지
않았다. 게다가 재산을 지키려고 반항하기는커녕 오

히려 자기들과 함께 평화롭게 살자고 권했다.

다른 마을도 마찬가지였다. 타라칸의 군사들은 나라 전체를 돌아다니며 약탈을 했지만 어느 곳에서도 반항하는 일은 없었다. 있는 것을 다 내어 주면서도 오히려 즐거워했다.

"당신 나라에서 살기 어렵거든 우리나라로 와서 같이 살아요."

모두 그런 식이었다. 게다가 타라칸의 군사들이 전국을 돌며 군대를 찾아보아도 흔적조차 없었다. 이반의 백성은 스스로 일해서 먹고살며 서로 도우며 지냈다. 그러다 보니 자기 것에 대한 욕심이 없고 남을 위해서는 목숨조차 아까워하지 않았다. 그리고 타라칸의 군사들에게 이곳에 와서 같이 살자고 계속 권했다.

군사들은 차츰 지루해지기 시작했다. 전쟁다운 전쟁이 아니었기 때문이다. 결국 군사들은 타라칸 왕을 찾아가 말했다.

"전쟁을 할 수가 없습니다. 우리를 다른 나라로 보내 주십시오. 전쟁을 하고 싶은데 도무지 여기서는 전쟁을 할 수 없습니다. 이 나라와 전쟁을 하는 건 약한 사람들을 괴롭히고 못살게 구는 것 같아 참을 수가 없습니다."

그 소리에 타라칸 왕이 화가 나서 소리를 질렀다.

"온 마을에 불을 지르고 가축들을 죽여라. 만일 명령을 어기는 자가 있으면 무조건 엄한 벌을 내릴 것이다."

그 말에 군사들은 어쩔 수 없이 명령을 수행할 수밖에 없었다. 그들은 마을의 집과 곡식을 태워 버리고 가축들을 죽이기 시작했다. 그러나 바보들은 여전히 방어를 하지 않고 주저앉아 울기만 했다.

"왜 우리를 못살게 구는 거야? 왜 우리 재산을 불태우는 거야? 필요하다면 차라리 가져가면 될 것을……."

그들은 그렇게 울기만 했다. 그러자 군사들은 마음이 우울해졌다. 바보들의 말이 맞는 데다가 불쌍해 보였기 때문이다. 그래서 군사들은 더 이상 난동을 부리지 않기로 했다. 그리고 결국 군사들은 전쟁을 그만두고 뿔뿔이 흩어졌다.

12

도깨비 두목은 어쩔 수 없이 그곳을 떠나야 했다. 군대의 힘만으로는 이반을 이길 수 없었던 것이다.

그래서 이번에는 멋진 신사로 위장해 이반의 나라에 정착했다. 배불뚝이 타라스에게 썼던 방법을 이반에게 쓰려고 결심한 것이다.

"나는 어떻게 사는 것이 인간답게 사는 것인지 보여 드리겠습니다."

도깨비 두목이 이반에게 아첨하며 말했다.

"좋은 생각이오. 그럼 여기서 살도록 하시오."

이반은 신하를 시켜 신사에게 살 곳을 마련해 주었다. 집을 얻은 신사는 새 집에서 지내게 되었다. 다음 날 아침, 신사는 금화가 들어 있는 커다란 자루와 종이를 가지고 마을 광장에 나가서 외쳤다.

"여러분은 마치 돼지처럼 살고 있습니다. 그래서 나는 여러분에게 어떻게 살아야 하는지 알려 주려고 합니다. 먼저 이 설계도에 맞게 집을 짓도록 하십시오. 여러분은 일을 하고 내가 지시를 하겠습니다. 그리고 내 지시대로 따라 주면 여기 있는 금화를 주겠습니다."

말을 마친 신사는 바보들에게 금화를 보여 주었다. 바보들은 놀라지 않을 수 없었다. 왜냐하면 바보들에겐 돈이라는 것이 아예 없었기 때문이다. 필요한 것이 있으면 서로 물물교환을 했고 일은 공동으로 해

왔기 때문이다. 하지만 금화를 보자 바보들은 마음이 흔들리기 시작했다.

"저 금화라는 것 좀 봐. 장난감으로 딱 알맞겠어."

바보들은 금화를 얻기 위해 신사의 지시대로 일을 했다. 도깨비 두목은 타라스의 나라에서 했던 것처럼 누런 금화를 뿌려 가며 온갖 물건을 사들였다. 그러자 바보들은 모든 물건을 금화와 바꾸고 온갖 일을 해서 금화를 벌어들였다. 도깨비 두목은 속으로 신이 나서 이렇게 생각했다.

'이 정도면 성공이야. 이번에야말로 이반을 타라스처럼 만들어 버려야지. 놈이 다시는 일어서지 못하게 말이야.'

바보들은 금화를 얻자 여자들에게 목걸이를 만들어 선물했다. 여자들도 목걸이와 장식으로 금화를 사용했다. 그런데 어느 정도 금화가 생기자 더 이상 금화에 대해 욕심을 내지 않았다. 하지만 신사가 짓고 있는 궁궐 같은 집은 반도 완성되지 못한 상태였고 곡식과 가축은 1년치도 되지 않았다. 그래서 신사는 바보들에게 더 많은 금화를 주겠다며 일을 하러 오라고 말했고 어떤 물건이건 금화와 바꿔 주겠다고 유혹했다.

그러나 아무도 신사를 위해 일하려 하지 않았고 물건도 가져오지 않았다. 가끔 아이들이 달걀을 금화로 바꿔 가거나 작은 물건을 운반해 주고 금화를 받아 가는 것이 고작이었다. 그 외에는 아무도 신사를 찾아오지 않았다. 마침내 신사는 먹을 것이 궁한 형편이 되었다.

어느 정도 시간이 흐르자 결국 신사는 먹을 것이 없어 마을을 돌아다니며 구걸을 해야 하는 처지가 되었다. 한 집에 찾아가 닭과 금화를 바꾸려고 했지만 주인 여자는 고개를 저으며 말했다.

"우리 집에도 금화는 많아요."

 신사는 할 수 없이 어부를 찾아가 생선과 금화를 바꾸려고 했다. 그러나 어부 역시 마찬가지였다.

"그런 건 필요 없어요. 우리 집엔 아이들이 없어서 그런 장난감은 필요 없어요. 아무리 귀한 물건이라고 해도 필요 없어요. 나도 금화는 세 닢이나 갖고 있는걸요."

도깨비 두목은 다시 빵을 사려고 농부의 집에 찾아갔다. 그러나 농부도 금화를 받으려 하지 않았다.

"금화는 필요 없어요. 하지만 하느님을 위해 착한 일을 하라면 하겠어요. 잠깐만 기다려요. 아내에게 빵을 좀 나눠 주라고 할 테니까."

거지 신세가 된 도깨비 두목은 기
분이 상해서 농부의 집에 침을 뱉은
후 도망치듯 그 자리를 벗어났다.
하느님의 이름으로 착한 일을 한다
는 것이 그의 마음을 상하게 했던

것이다. 하느님이라는 말만 들어도 무서웠던 것이다.

결국 그는 빵도 얻지 못했다. 이반의 나라에 사는
바보들은 모두 금화를 충분히 갖고 있다고 여겼다.
도깨비 두목이 아무리 금화를 들고 사람들을 찾아가
도 모두 똑같은 반응을 보였다.

"다른 물건을 가져오면 필요한 것을 주겠어요. 아
니면 차라리 그냥 구걸을 하면 먹을 것을 나눠 주겠
어요."

하지만 도깨비 두목에겐 금화뿐이었다. 다른 것은
아무것도 갖고 있지 않았다. 더욱이 먹을 것을 위해
일을 하거나 구걸을 하기는 싫었다. 도깨비 두목은
화가 나지 않을 수 없었다.

"도대체 어떻게 된 거야. 돈이란 것은 정말 필요한
것인데, 돈만 있으면 무엇이든 살 수 있고 하인도 부
릴 수 있잖아."

그러나 바보들은 그의 말을 들으려 하지 않았다.
그리고 이렇게 말했다.

"그런 건 필요 없어요. 이 나라에는 물건을 사거나

세금을 내는 일이 없으니 그까짓 돈이 무슨 소용 있겠어요?"

도깨비 두목은 하는 수 없이 저녁도 먹지 못한 채 잠자리에 들어야 했다. 이러한 사정이 이반의 귀에도 들어갔다. 백성이 이반을 찾아와 말했다.

"도대체 어쩌면 좋습니까? 우리나라에 훌륭한 신사가 찾아와 살고 있습니다. 그는 맛있는 것을 먹고 좋은 술을 마시며 깨끗한 옷만 입고 일하기를 싫어합니다. 더욱이 구걸은 하기 싫어하면서 금화만 자꾸 내놓습니다. 예전에 금화가 없을 때는 신사에게 무엇이든 갖다 주었는데 이젠 아무도 그에게 물건을 주지 않습니다. 그러니 이 신사를 어떻게 하면 좋겠습니까? 저러다 굶어 죽을까 봐 걱정입니다."

그 말을 들은 이반이 이렇게 말했다.

"당연하지. 굶어 죽으면 안 되지. 그 신사에게 양치는 목자처럼 집집마다 돌아다니며 구걸을 해서 먹고살게 하라."

그렇게 해서 도깨비 두목은 이곳저곳을 떠돌아다니며 구걸을 했다. 며칠이 지나자 이반의 궁궐에 구걸을 하러 갈 차례가 되었다.

도깨비 두목이 점심을 구걸하기 위해 이반을 찾아가자 이반의 벙어리 동생이 식사를 준비하고 있었다. 그때까지 여동생은 많은 사람들에게 식사를 준비해

주었다. 벙어리 여동생은 사람들의 손을 보고 게으름 뱅이를 가려낼 줄 알았다. 게으름뱅이들은 일도 하지 않으면서 제일 맛있는 음식을 맨 먼저 먹어 치웠다.

그런 경험에 따라 벙어리 여동생은 나름대로 규칙을 정해 식사를 준비해 주었다. 손에 굳은살이 박힌 사람들은 식탁에 앉아 식사를 할 수 있게 했고 그렇지 않은 사람들은 남은 찌꺼기만 주었다.

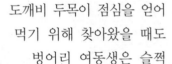

도깨비 두목이 점심을 얻어 먹기 위해 찾아왔을 때도 벙어리 여동생은 슬쩍 그의 손부터 살펴보았다. 그의 손에는 당연히 굳은살이 없었다. 한 번도 일을 하지 않은 손은 곱디고운데다가 손톱은 길게 자라 있었다. 그것을 본 벙어리 여동생은 뭐라고 소리를 지르더니 도깨비 두목을 식탁에서 끌어냈다.

그러자 이반의 아내가 도깨비 두목에게 말했다.

"화내지 마세요. 우리 시누이는 손에 굳은살이 박히지 않은 사람은 식탁에 앉지 않아요. 그러니 잠깐 기다리세요. 곧 다른 사람들이 다 먹고 나면 남은 것을 줄 테니까."

그 말을 듣고 도깨비 두목은 화를 내며 중얼거렸다.

'이반의 궁궐에서 나한테 돼지죽을 주려고 하는군.'

도깨비 두목은 이반에게 달려가 말했다.

"이 나라에는 모두 손으로만 일을 해야 한다는 바보 같은 법이 있군요. 그런 생각은 어리석기 짝이 없는 것입니다. 영리한 사람은 무엇으로 일하는지 아십니까?"

그러자 이반이 대답했다.

"우리 같은 바보가 어찌 알겠는가? 우리는 대부분 손과 등으로 일을 하지."

"그렇게 일하는 것은 여러분이 어리석기 때문입니다. 그렇다면 내가 무엇으로 일하는지 알려 주지요. 여러분도 곧 깨닫게 될 겁니다. 손보다 머리로 일하는 것이 훨씬 이익이라는 것을."

그 말에 이반은 놀라지 않을 수 없었다.

"과연! 맞는 말이오. 우리가 바보라는 소리를 듣는 것도 무리가 아니군."

도깨비 두목은 계속 설명했다.

"하지만 머리로 일하는 게 쉬운 일은 아닙니다. 내 손에 굳은살이 없다고 해서 먹을 것을 주지 않는 것은 여러분이 어리석기 때문입니다. 머리로 일하는 것이 얼마나 힘든 일인지 여러분은 모릅니다. 때로는 머리가 깨지는 것처럼 아프답니다."

이반은 그 말을 듣고 생각에 잠겼다.

"왜 그대는 자신을 그렇게 혹사하지? 머리가 깨질 지경이라면 쉬운 일은 아니겠군. 그렇다면 차라리 손과 등으로 일하는 게 더 낫지 않을까?"

그러자 도깨비 두목이 대답했다.

"제가 제 자신을 혹사하는 것은 어리석은 여러분을 불쌍하게 여기기 때문입니다. 만일 제가 스스로 혹사하지 않는다면 여러분은 평생 바보로 살아가야 할 것입니다. 다행히 저는 머리로 일해 왔기 때문에 이제 여러분에게 그 방법을 가르쳐 주려고 합니다."

이반은 그 말에 경탄을 하며 말했다.

"그렇다면 어서 알려 주게. 손이 지치면 머리로 대신 일할 수 있는 방법을."

도깨비 두목은 그 방법을 알려 주겠다고 약속했다. 그래서 이반은 온 나라에 방을 붙였다.

'훌륭한 신사가 여러분에게 머리로 일하는 방법을 알려 줄 것이다. 머리는 손보다 더 많은 일을 할 수 있다고 한다. 모두 나와서 배우도록 하라.'

약속한 날이 되자 사람들은 높은 망루를 세우고 그 위에 연단을 만들었다. 이반은 신사를 그 연단으로 안내했다.

연단에 오른 신사는 떠들어대기 시작했다. 어리석고 무식한 백성은 그 연설을 듣기 위해 구름 떼처럼 몰려들었다. 바보들은 신사가 정말로 머리로 일하는 방법을 가르쳐 줄 것이라 믿었다.

하지만 도깨비 두목은 머리로 일하는 방법을 가르쳐 주는 것이 아니라 어떻게 하면 일하지 않고 놀고 먹을 수 있는지 떠들어대고 있었다. 바보들은 뭐가 뭔지 알 수 없었다. 결국 시간이 어느 정도 지나자 각자의 일터로 뿔뿔이 흩어졌다.

도깨비 두목은 하루 종일 높은 망루의 연단에서 떠들었다. 그리고 그다음 날도 연설을 계속했다. 그러다 보니 허기가 져서 무엇이든 먹고 싶었다. 하지만 바보들은 신사가 머리로 일을 잘한다면 그까짓 빵쯤은 쉽게 만들어 낼 것이라고 믿었다. 그래서 아무도 신사에게 빵을 주지 않았다.

도깨비 두목은 며칠 동안 계속 연단에서 떠들어댔다. 그러나 사람들은 잠시 연설을 듣다가 곧바로 각자의 일터로 돌아갔다. 이반은 백성에게 계속해서 물었다.

"그래, 어떻던가? 그 신사가 정말 머리로 일하던가?"

"아닙니다. 그는 계속해서 떠들기만 합니다."

한편 도깨비 두목은 며칠 동안 계속 망루에서 떠들어 댄 탓에 지칠 대로 지쳐 비틀거렸다. 그리고 한참을 휘청거리던 도깨비는 결국 기둥에 머리를 부딪치고 말았다. 그때 한 바보가 그 장면을 보고 이반의 아내에게 급히 소식을 전했다. 이반의 아내는 급히 이반에게 달려가 알려 주었다.

"신사가 드디어 머리로 일을 하기 시작했나 봐요. 어서 구경하러 가요."

"그게 정말이오?"

이반은 소식을 듣자마자 말을 타고 망루로 달려갔다. 과연 망루에 도착해 보니 신사가 지칠 대로 지쳐 기둥에 머리를 부딪치고 있었다. 그리고 이반이 망루 아래로 다가서자 신사는 거꾸로 떨어지며 요란한 소리와 함께 기둥들에 차례로 머리를 부딪쳤다.

"오호!"

그 장면을 보니 이반은 감탄사가 절로 나왔다.

"가끔은 머리가 깨지는 경우도 있다고 하더니 정말 그렇군. 이건 손에 박힌 굳은살이 문제가 아니야. 저렇게 일을 하다가는 머리에 혹이 많이 생기겠는 걸."

이반이 그렇게 생각하는 사이 도깨비 두목은 땅바닥에 머리를 박고 쓰러졌다. 이반은 그 광경을 보고 신사가 얼마나 많은 일을 머리로 했는지 확인하기 위해 가까이 다가섰다. 그러나 그 순간 신사의 머리가 박혀 있는 땅바닥이 갈라지더니 커다란 구멍과 함께 도깨비가 땅속으로 빨려 들어가 버렸다. 그리고 그 자리에는 구멍만 하나 뚫려 있을 뿐이었다.

이반이 그 장면을 보고 머리를 긁적이며 말했다.

"이런 세상에! 또 그놈이었군. 그놈들의 아비가 틀림없어. 아무튼 별 해괴한 놈들이 다 있군."

도깨비들은 모두 사라졌고 이반의 나라는 평화를 지킬 수 있었다. 더 많은 사람들이 이반의 나라로 찾아왔고 두 형도 이반을 찾아왔다. 이반은 그들을 모두 받아들였다. 그 누가 찾아와서 '도와주세요.' 하면 이반은 '좋아요. 이곳에 와서 살도록 하시오. 여기는 무엇이든 다 있으니까.' 하며 흔쾌히 대답했다.

그러나 이 나라에 살려면 꼭 지켜야 할 것이 있었다. 그것은 바로 손에 굳은살이 박힌 사람은 식탁에 앉아 식사를 하지만 그렇지 않은 사람은 남은 찌꺼기를 먹어야 한다는 것이었다.

두 노인은 순례 준비에 바빴다.

식구들은 과자를 굽고 자루도 꿰매고,

새 행전이나 신발도 만들었다.

두 노인은 마침내 갈아 신을 신발도 마련해 길을 떠났다.

두 노인

두 노인

두 노인이 성지 예루살렘으로 순례를 떠나기로 했다. 한 사람은 예핌 타라스이치 셰베레프라는 부자 농부였고, 또 한 사람은 에리세이 보드로프라는 돈이 많지 않은 사람이었다.

예핌은 성실한 농부로 보드카도 마시지 않고 담배도 피우지 않으며, 평생 나쁜 말을 하지 않는 엄격하고 착실한 사람이었다. 예핌 타라스이치는 두 번이나 마을의 이장을 맡아 열심히 일했다. 예핌의 집은 아주 컸으며 두 아들과 벌써 장가를 든 손자까지 모두 함께 살고 있었다. 예핌은 성실하고 정직한 농부로 일흔이 넘은 나이에도 등이 꼿꼿하고 텁수룩한 수염에 이제야 흰 빛이 보이기 시작한 건강한 사람이었다.

에리세이는 부자도 아니고 가난하지도 않은 노인으

로 전에는 떠돌이 목수를 했었는데 나이
가 든 뒤부터는 집에서 양봉을 하고 있
었다. 아들 하나는 장가를 들었으나 하
나는 집에서 일을 했다. 에리세이는 마
음이 좋고 쾌활한 사람이었다. 보드
카도 마시고 담배도 피우고 노래 부
르기도 좋아했다. 그러나 사람은 참으
로 온순하여 집안사람이나 이웃 사람과도 사이좋게
지냈다. 그는 중간 키에 얼굴이 검고 턱수염이 곱슬
곱슬한 농부였다. 그리고 자기와 같은 이름의 예언자
에리세이와 같이 머리가 훤하게 벗어졌다.

두 노인은 벌써 오래전부터 함께 길을 떠나기로 약
속했지만 타라스이치는 늘 분주하여 일이 끊일 사이
가 없었다. 간신히 일 하나가 마무리되었다고 생각하
면 또 다른 일이 생겼다. 손자가 장가를 드는가 싶으
면 다음에는 막내아들이 군대에서 돌아왔다. 그런가
하면 이번에는 새 집을 지어야 하는 형편이었다.

어느 날, 두 노인은 축일에 만나 통나무 위에 나란
히 앉았다.

"어떤가? 우리는 도대체 언제 성지 순례를 떠나
지?"

에리세이가 말하자 예핌이 잠시 이맛살을 찌푸리며
말했다.

"조금만 더 기다려 주게. 올해는 뜻하지 않게 일이 많이 생기네. 이번에 집을 새로 지을 때 말이야, 백 루블 정도면 될 것 같았는데 오늘까지 벌써 삼백 루블이나 써 버렸어. 그래도 아직 별 진척이 없어. 아무래도 여름까지 갈 것 같아. 올여름에 하느님이 기회를 주신다면 꼭 가기로 하지."

에리세이가 말했다.

"더 이상 미룰 수가 없어. 지금 당장 가야 할 것 같아. 봄이니까 지금이 제일 좋은 때야."

"때는 좋지만 일을 벌여 놓은 걸 어쩌겠나? 그렇다고 일을 내팽개치고 갈 수도 없고……."

"그럼 맡기고 갈 사람이 아무도 없나? 아들들이 있잖아."

"아이고, 뭘 할 수 있겠나. 큰아들 녀석은 술이나 마셔대니 통 믿을 수가 있어야지."

"그렇지 않아. 이제 우리는 물러날 때가 됐네. 우리 없이도 아이들은 살아갈 테고. 그러니 애들도 혼자 할 수 있도록 일을 배워야지."

"그야 물론 그렇지만, 나는 아무래도 내 두 눈으로 직접 일이 완성되는 걸 보고 싶네."

"여보게, 어떤 일이든 혼자 모든 걸 할 수는 없는 거야. 얼마 전에도 우리 집 아낙네들이 축일까지 빨래거리를 다 빨아서 정리하자고 말하더군. 그런데 이것도 하자, 저것도 하자고 하는 거야. 하지만 한꺼번에 무엇이나 다 할 수 있는 건 아니거든. 아주 영리한 우리 큰며느리가 하는 말이 멋지더군. '고맙게도 축일이 우리를 기다리지 않고 하루하루 잘도 다가오네요. 그렇지 않으면 아무리 일을 해도 다 해낼 수가 없어요.'라고 말이야."

예핌은 골똘히 생각했다.

"그런데 난 새 집에 돈을 제법 썼거든. 여행을 떠나는데 빈손으로 갈 수도 없고……. 적어도 백 루블은 있어야 할 텐데, 그게 그리 적은 돈은 아니잖은가?"

에리세이는 웃음을 터뜨리고 나서 말했다.

"여보게 그런 소리 하면 죄 받네. 자네 재산은 나보다 열 배는 더 많으면서 만날 돈타령만 하고 있잖은가. 빨리 정하는 게 좋아. 언제 갈까? 난 돈은 없지만 떠난다면 어떻게든 해 보겠네."

예핌도 빙긋이 웃으며 말했다.

"이런, 자네는 상당한 부자로 보이는군. 어디서 그렇게 벌어 오지?"

"그야 온 집안을 뒤지면 어느 정도는 긁어모을 수 있어. 그게 모자라면 여기저기 쳐 놓은 벌통을 열 개쯤 이웃 사람한테 나눠 줘야지. 오래전부터 부탁을 받았으니까."

"팔아 버린 벌통이 잘되면 원통할 텐데."

"원통하다고? 그런 일은 없어. 여보게, 이 세상에서는 죄짓는 일 말고는 원통할 일이 하나도 없어. 정신보다 중요한 건 아무것도 없으니까."

"그건 그래. 하지만 집안이 편안하지 않으면 역시 곤란해."

"그보단 말이야, 우리 정신이 제대로 되어 있지 않으면 더 난처하지. 아무튼 약속한 일이니 떠나자고, 정말 떠나자고."

2

에리세이는 친구를 설득했다. 예핌은 궁리한 끝에 이튿날 아침 에리세이를 찾아갔다.

"이제 집안일은 신경 쓰지 않기로 했어. 자네 말대로 죽고 사는 건 다 하느님의 뜻이니 건강할 때 떠나야겠어."

두 노인은 순례를 떠나기 위해 일주일 동안 준비했다.

예핌은 수중에 늘 돈이 있었다. 그는 노자로 백 루블을 갖고, 이백 루블은 늙은 아내에게 맡겼다.

에리세이도 준비를 했다. 그는 이웃에 사는 남자에게 늘어놓은 벌통 가운데 열 통만 팔고 거기에서 나올 유충도 그에게 넘기기로 했다. 그렇게 해서 그는 간신히 칠십 루블을 마련했다. 모자라는 삼십 루블은 집안사람들에게 조금씩 받았다. 그의 아내도 자신의 장례 비용으로 마련해 두었던 돈을 내놓았고, 며느리도 한 푼 두 푼 모아 둔 돈을 내놓았다.

예핌 타라스이치는 맏아들에게 집안일을 모두 맡겼다. 풀은 어디서 얼마나 베고, 비료는 어디로 나르고, 새 집은 어떻게 마무리하고 지붕은 무엇으로 하라는 것까지 하나도 빠뜨리지 않고 모든 일을 세세히 일러두었다.

하지만 에리세이는 아내에게, 이웃 사람에게 판 벌통에서 나오는 유충을 길러 그에게 넘겨주라고 시켰을 뿐 집안일에 대해서는 일체 말하지 않았다. 일이 닥치면 무엇을 어떻게 해야 할지 저절로 알 수 있다고 생각했기 때문이다.

두 노인은 순례 준비에 바빴다. 식구들은 과자를 굽고 자루도 꿰매고, 새 행전이나 양말도 만들었다. 두 노인은 갈아 신을 신발도 마련해 마침내 길을 떠났다. 집안사람들은 동구 밖까지 그들을 배웅했다.

에리세이는 기쁨에 들떠 마을에서 멀어지자 집안일

따위는 깨끗이 잊어버렸다. 그의 머릿속에는 줄곧 어떻게든 친구를 즐겁게 해 주고, 누구에게나 거친 말을 하지 않고, 목적지에 무사히 갔다가 돌아왔으면 하는 생각뿐이었다.

에리세이는 길을 가면서 혼자 기도문을 외우기도 하고, 자기가 아는 성자의 이야기를 마음속으로 떠올리기도 했다. 모르는 사람과 동행할 때도, 여인숙에서 하룻밤을 지낼 때도 어떤 사람에게나 친절하게 대했으며 하느님의 뜻에 따르는 말만 하려고 애썼다. 그는 걸으면서도 마음이 즐거웠다.

그러나 단 한 가지 일만 에리세이 뜻대로 되지 않았다. 이 기회에 담배를 끊으려고 자작나무 껍질로 만든 담배통을 일부러 집에 두고 왔는데, 그것이 자꾸 생각나는 것이다. 도중에 사람들이 그에게 담배를 주었다. 그래서 그는 친구를 죄에 끌어들이지 않으려고 슬쩍 뒤처져서 담배를 피웠다.

예핌 타라스이치도 기분이 좋은 듯 힘차게 걸어갔다. 나쁜 짓도 하지 않고 허튼소리도 하지 않았다. 원래 그는 행동이나 말이 찬찬했다. 다만 집안일을 생각하면 마음이 놓이지 않았다. 그의 머릿속에서는 집안일이 한시도 떠나지 않았다. 아들이 일러두고 온 말을 잊지는 않았는지, 실수 없이 잘하고 있는지 걱정이 되었다.

길을 지나갈 때 사람들이 감자를 심거나 비료 나르는 모습을 보면 '아들이 시킨 대로 잘하고 있을까.' 하고 걱정했다. 그리고 당장에라도 되돌아가서 모든 일을 한 번 더 지시하거나 아니면 직접 해 버리고 싶은 생각이 들기도 했다.

3

두 노인은 5주일이나 계속 걸었다. 집에서 만들어 온 신발은 다 닳아서 새것을 사야 할 무렵에 소러시아(우크라이나의 전 이름) 가까이까지 갔다.

집을 나선 뒤로 두 사람은 자는 데에도, 식사를 하는 데에도 일일이 돈을 냈는데 소러시아 사람이 사는 곳에 오자 사람들이 앞을 다투어 자기들 집으로 초대

했다. 집으로 불러서 먹여 주고도 돈을 받으려 하지
않았고, 게다가 배고프면 먹으라고 자루 속에 빵과
과자를 넣어 주기도 했다.

이렇게 해서 두 사람은 무난히 칠백 베르스타(러시
아의 거리 단위)를 걸어 흉년이 든 어느 지방에 다다
랐다. 이곳 사람들은 잠을 재워 주고 돈을 받지 않았
으나 먹여 주지는 않았다. 빵 한쪽 주지 않는 곳도
있고 어떤 때는 돈을 주고도 살 수가 없었다.

이곳 사람들 이야기로는 지난해에 아무것도 거둬들
이지 못했다고 했다. 어떤 부자는 먹을 것이 없어 무
엇 하나 남기지 않고 팔아 버렸고, 중류층 사람들은
무일푼이 되었다. 가난한 사람들은 어딘가로 떠나 버
렸거나 걸식을 나서 겨우 연명하는 형편이었다. 겨우
내 등겨나 명아주로 끼니를 이었다는 것이다.

어느 날 두 노인은 작은
마을에 들어가 빵을 십오
파운드쯤 사고 하룻밤을 묵
은 다음, 덥기 전에 조금이
라도 더 서둘러 가려고 동
이 트기 전에 길을 나섰다.

십 베르스타쯤 가니 개천
이 나왔다. 그들은 거기에
앉아 찻잔으로 물을 떠서 빵을 적셔 먹고 낡은 신발

을 갈아 신었다. 그리고 잠시 앉아 쉬었다. 에리세이는 담뱃갑을 꺼냈다.

예핌 타라스이치는 그에게 고개를 저어 보이면서 말했다.

"왜 좋지 않은 걸 그만두지 못하나?"

에리세이는 한 손을 내저으며 말했다.

"결국 나는 죄인이야. 이것만은 도저히 어쩔 수가 없군."

두 사람은 일어나서 다시 걸음을 재촉했다. 십 베르스타쯤 걸어가자 큰 마을이 나왔으나 그냥 지나쳤다. 그때는 볕이 여간 뜨거운 게 아니었다. 에리세이는 지쳐 잠시 쉬면서 물이라도 마시고 싶었으나 예핌은 걸음을 멈추려 하지 않았다. 에리세이는 그 뒤를 따라가기가 무척 힘들었다.

"어때, 물이라도 좀 마시지?"

에리세이는 걸음을 멈추고 예핌에게 말했다.

"그래? 난 생각 없으니 자네나 마시게."

"그럼 먼저 가게. 난 저 농부네 집에 가서 물 한잔 얻어 마시고 금방 뒤쫓아 가겠네."

"그러지 뭐."

예핌 타라스이치는 혼자서 앞서 갔고, 에리세이는 오두막이 있는 쪽으로 돌아섰다.

에리세이는 농부네 오두막으로 다가갔다. 그 오두

막은 진흙을 바른 집이었다. 아
래쪽은 검고 위쪽은 하얀데
오래도록 손보지 않았는지
진흙은 벗겨지고 지붕 한
쪽도 구멍이 나 있었다.
오두막의 출입구는 뜰과
붙어 있었다.

에리세이가 뜰에 들어가 보니
토담 곁에 한 남자가 셔츠를 바지에 밀어 넣은 채 드
러누워 있었다. 짐작하건대 그 남자는 시원한 곳을
찾아 드러누운 모양인데, 지금은 해가 바로 위에서
내리쬐고 있었다. 남자는 뒹굴고 있을 뿐 자고 있는
것은 아니었다.

에리세이는 그에게 물을 한잔 청했으나 아무 대꾸
도 하지 않았다. '병이 났거나 무뚝뚝한 사람이겠지.'
라고 생각하며 문에 가까이 다가섰다. 그러자 오두막
안에서 두 아이의 울음소리가 들렸다. 에리세이는 문
을 두드렸다.

"실례합니다."

그러나 아무 대답도 없었다.

이번에는 지팡이로 문을 '똑똑' 하고 두드렸다.

"아무도 안 계십니까?"

그래도 아무 소리가 없었다.

"하느님의 종입니다!"

역시 대답이 없었다.

에리세이가 그만 돌아가려고 할 때 문 쪽에서 누가 한숨을 쉬는 소리가 들렸다.

'이 사람들에게 무슨 불행한 일이 일어난 게 아닐까? 좀 살펴봐야겠군.'

4

에리세이는 문고리를 돌려 보았다. 자물쇠는 채워져 있지 않았다. 문을 열고 안으로 들어가자 방문이 열려 있었다. 왼쪽에는 난로가 있고 오른쪽 귀퉁이에는 성상과 테이블이 놓여 있었다. 테이블 맞은 편에는 의자가 하나 있고, 그 의자에는 내복만 입은 노파가 테이블 위에 머리를 힘없이 떨어뜨리고 앉아 있었다.

그 곁에는 온몸이 인형처럼 창백하며 여위고 배만 불룩 나온 남자 아이가 노파의 소매를 붙들며 무언가를 졸라댔다.

에리세이는 안으로 더 들어갔다. 오두막 안은 악취 때문에 숨이 막힐 지경이었다. 살펴보니 난로 옆 침대에 여자가 누워 있었다. 그녀는 엎드린 채 이쪽을 보려고도 하지 않고 괴로운 듯한 목소리를 내면서 한쪽 발을 폈다 오므렸다 할 뿐이었다. 여자가 다리를 이리저리 움직일 때마다 고약한 악취가 풍겼다. 아무래도 여자는 오줌똥을 가리지 못하는 듯했다. 게다가 뒤치다꺼리해 줄 사람도 없는 모양이었다.

노파는 머리를 들더니 사람이 있는 것을 눈치 채고 말했다.

"누구요? 보아하니 무엇을 얻으려고 온 모양인데 여기엔 아무것도 없어요."

에리세이는 그녀의 말을 알아듣고 곁으로 다가가 말했다.

"저는 순례자인데 물을 한잔 얻어 먹으려고 왔습니다."

"아무도 가져다 줄 사람이 없으니 마시려거든 직접 가서 떠 마셔요."

그때 에리세이가 물었다.

"그런데 무슨 일인가요? 이 집에는 건강한 사람이 없나요? 이 여자 분을 돌볼 사람은요?"

"아무도 없소. 뜰에서 죽어가고 있는 아들과 우리 뿐이오."

아이는 낯선 사람을 보고 잠시 입을 다물었으나 노파가 말을 하자 다시 소매를 잡아당기며 울기 시

작했다.

"빵 줘요, 할머니. 빵 줘요!"

에리세이가 노파한테 무언가를 물어보려고 했을 때
뜰에 있던 농부가 비틀거리며 오두막 안으로 들어왔
다. 그는 벽을 따라 의자 쪽으로 가더니 바닥에 그대
로 뒹굴었다. 그러고는 일어서려고도 하지 않고 작은
소리로 중얼거렸다. 한 마디 한 마디 할 때마다 숨을
몰아쉬면서 힘겹게 그다음 말을 이어갔다.

"병이 났는데……, 게다가 먹을 게 아무것도 없어
요. 저것도 굶어서 죽어 가고 있어요."

농부는 머리로 사내아이를 가리키며
눈물을 흘렸다.

에리세이는 어깨에 둘러메고 있던
자루를 의자에 내려놓고 주둥이를 펼
쳤다. 그는 빵을 꺼내어 한쪽을 잘라
농부에게 주었다. 농부는 받지 않고
남자 아이와 여자 아이 쪽을 가리키며
말했다.

"아이들한테 주세요."

에리세이는 남자 아이한테 빵을 주었다. 아이는 빵
냄새를 맡더니 몸을 뻗어 작은 두 손으로 빵 한 쪽을
들고는 허겁지겁 먹어 치웠다. 그러자 난로 옆에 서
있던 여자 아이가 빵을 물끄러미 보고 있었다.

에리세이는 그 아이에게도 빵
을 주었다. 그러고 나서 다
시 한 쪽을 잘라 노파에게
주었다. 노파는 그것을 재
빨리 받아 들더니 우물우
물 씹어 먹었다.

"물을 길어다 주었으면
좋겠는데……."

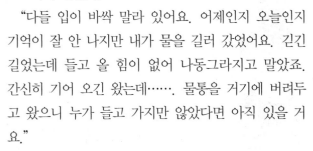

노파가 말했다.

"다들 입이 바싹 말라 있어요. 어제인지 오늘인지
기억이 잘 안 나지만 내가 물을 길러 갔었어요. 긷긴
길었는데 들고 올 힘이 없어 나동그라지고 말았죠.
간신히 기어 오긴 왔는데……. 물통을 거기에 버려두
고 왔으니 누가 들고 가지만 않았다면 아직 있을 거
요."

에리세이는 그들에게 우물이 어디에 있냐고 물었
다. 노파가 가르쳐 준 곳에 가 보니 물통은 그대로
있었다. 그는 물을 길어다가 모두에게 먹였다. 아이
들과 노파는 물과 함께 빵 한 쪽씩을 더 먹었지만 농
부는 먹으려 하지 않았다. 그가 말했다.

"속에서 받지 않아요."

여자는 몸을 일으키려고 하지 않았고, 정신도 차리
지 못한 채 침대 위에서 뒤척일 뿐이었다.

에리세이는 마을에 있는 가게에 가서 수수와 소금, 버터를 산 뒤 손도끼를 찾아 장작을 패서 난로에 불을 지폈다. 여자 아이가 심부름을 해 주었다. 에리세이는 수프와 보리죽을 쑤어 식구들에게 먹였다.

5

농부도 조금 먹고 노파도 먹었다. 아이들은 허겁지겁 먹어 치우고 한쪽 구석에서 서로 껴안고 잠들었다.

농부와 노파는 어떻게 해서 이 지경이 되었는지 그간의 사정을 말하기 시작했다.

"우리는 가난했지만 그럭저럭 먹고살았습니다. 그런데 이번 기근 때문에 가을부터 지금까지 곡식을 거둬들이는 것은 고사하고 그나마 남아 있던 것까지 다 먹어 버렸답니다. 결국엔 먹을 것이 없어 이웃 사람들한테 신세를 졌는데 그 사람들도 처음에는 도와주었지만 나중에는 도와주지 않았습니다. 그 중에는 있으면 기꺼이 주고 싶지만 아무것도 줄 것이 없어 어쩔 수 없다고 말하는 사람도 있었습니다. 우리도 매

번 손 벌리기가 여간 부끄럽
지 않았습니다. 여기저기서
돈과 밀가루, 빵까지도 다
빌렸으니까요."

농부는 말을 계속했다.

"그래서 일을 찾아 돌아
다녔지만 일거리도 없었습니
다. 어쩌다 하루 일을 하고 나면
나머지 이틀은 다시 일을 찾아 헤매는 형편이었습니
다. 결국 어머니와 딸아이가 멀리까지 가서 구걸을
했습니다. 그러나 얻는 것은 얼마 되지 않았습니다.
모두 살기가 어려웠으니까요. 그래도 가을 수확 때까
지 어떻게든 살 수 있으리라고 생각했습니다. 그러나
올봄부터는 아예 도움을 주려는 사람이 딱 끊어진 데
다가 병까지 걸려 형편은 더욱 나빠졌습니다. 하루
먹으면 나머지 이틀은 아무것도 먹지 못했어요. 결국
풀까지 먹게 되었는데 그 때문인지 마누라가 병에 걸
리고 말았습니다. 마누라는 일어나지도 못하고 나는
기운이 없으니 암담한 형편입니다.

농부의 말을 이어 노파가 입을 열었다.

"나 혼자 여기저기 구걸을 다녔지만 그것도 먹지
못해 차츰 힘이 빠지고 지금은 그것마저도 할 수 없
다오. 손자도 약해진 데다가 사람을 꺼리기 시작했어

요. 이웃에 심부름을 보내려
해도 가려고 하지 않아요. 구
석에 틀어박혀 꼼짝도 안해
요. 그저께 이웃 여인네들이
왔다가 우리가 굶주리고 병
에 걸려 쓰러진 걸 보더니
돌아서서 가 버리더군요. 그
여인네들도 모두 남편이 없
어 어린애들을 돌봐야 하니
까 어쩔 수 없겠죠. 그래서 우리는 이렇게 죽을 날만
기다리고 있었어요."

그들의 이야기를 다 듣고 난 에리세이는 그날 안
에 친구를 따라갈 것을 단념하고 그 집에 머무르기
로 했다.

이튿날 아침, 에리세이는 자기가 이 집의 주인이라
도 된 듯이 집안일을 하기 시작했다. 그는 노파와 함
께 빵을 반죽하고 난로에 불을 지폈다. 여자 아이와
함께 쓸 만한 물건을 찾아보았으나 아무것도 없었다.
모두 먹을 것과 바꾼 것이었다. 농기구는 물론이고
입을 옷조차 없었다. 그래서 에리세이는 필요한 물건
을 마련했다. 직접 만들거나 밖에서 사 오기도 했다.

이렇게 해서 에리세이는 하루를 지내고 이틀을 지
내고 사흘을 묵었다. 남자 아이도 점점 기운을 차려

서 가게에 심부름을 갈 수 있게 되었고, 에리세이를
잘 따랐다. 여자 아이는 이제 완전히 힘을 되찾아 무
슨 일이나 도왔다. 그 아이는 늘 "할아버지, 할아버
지!" 하고 에리세이 뒤를 쫓아다녔다. 노파도 일어나
근처를 나다닐 정도였다. 농부도 벽에 기대어 조금씩
걸었다. 다만 여자만은 아직 누워 있었는데 사흘째
되는 날에는 정신을 차리고 먹을 것을 찾았다.

"이렇게 오래도록 있을 생각은 아니었는데…… 자,
이제 그만 떠나자."

에리세이는 생각했다.

6

나흘째 되는 날은 감사 주일
전날이었다. 에리세이는 농부의
가족과 전야를 축하하고 모두에게
감사절 선물을 사 준 후 저녁때가 되면 떠나리라 마
음먹었다. 에리세이는 마을로 나가 우유와 밀가루, 기
름 등을 사 와 노파와 함께 음식을 만들었다. 다음
날 아침에는 교회에 갔다 와서 농부의 가족과 같이
맛있는 요리를 먹었다. 이날은 농부의 아내도 일어나
걸었다.

농부는 수염을 깎고 노
파가 세탁해 준 깨끗한
셔츠를 입고 마을의 부자
농부에게 갔다. 부자 농
부에게 초지와 밭이 저당
잡혀 있었으므로 그것을
다음 수확 전에 넘겨줄 수 있느냐고 부탁하러 간 것
이었다. 저녁때 어깨가 축 처져 돌아온 농부는 눈물
을 흘렸다. 부자 농부가 매몰차게 돈을 가져오라고
했다는 것이다.

에리세이는 또 생각했다.

'앞으로 이 사람들은 어떻게 살아갈까? 남들은 풀
을 베러 가는데 이 사람들만 멀거니 앉아 있을 수는
없지 않은가. 가을이 되면 남들은 수확을 할 텐데 이
사람들은 밭을 저당 잡혀 아무것도 할 수가 없다. 그
나마 조금 있던 땅도 부자 농부에게 팔아 버렸다고
한다.'

에리세이는 심란하여 다음 날 아침으로 출발을 미
루었다. 그는 마당에 나가 기도를 하고 잠을 청했으
나 잠들 수가 없었다. 그동안 시간도 많이 허비하고,
돈도 너무 많이 써 버려 떠나야 했지만 이곳 사람들
이 너무 가여웠다.

'그렇다고 모든 걸 나눠 줄 수는 없어. 처음엔 이

사람들에게 물을 길어다 주고 빵 한 쪽씩만 줄 생각이었는데 이렇게까지 되었으니 이젠 초지나 밭을 찾아 주어야 해. 그리고 나면 아이들한테 암소를 사 주어야 하고 집주인에게는 말을 사 줘야 해. 이봐, 에리세이. 자네 아무래도 바보가 된 것 같군. 덫에 걸려 어떻게 해야 좋을지 모르는 꼴이잖아.'

에리세이는 일어나 머리맡에서 긴 저고리를 집어뿔 담뱃갑을 꺼내어 담배 냄새를 맡았다. 그러나 머리가 상쾌해지지 않았다. 아무리 생각해도 좋은 생각이 떠오르지 않았다. 떠나야 했지만 이곳 사람들이 너무 불쌍했다. 어떻게 하면 좋을지 마음을 정할 수가 없었다.

그는 긴 저고리를 둘둘 말아 머리맡에 베고 드러누웠다가 스르르 잠이 들었다. 별안간 누군가 깨우는 느낌이 들었다. 눈을 떠 보니 나그네 차림을 한 자신이 자루를 어깨에 둘러메고 손에는 지팡이를 짚고 막 일어서려 하고 있었다. 그는 문을 지나가야 했는데, 문은 사람 하나 간신히 스쳐 지나갈 정도밖에 열려 있지 않았다. 그리고 그가 문에 다다르자 자루가 한쪽에 걸렸다. 그것을 빼려고 하자 이번엔 다른 쪽에 행전이 걸렸다. 그가 자루를 내리려 하자 어린 여자 아이가 외쳤다.

"할아버지, 할아버지, 빵 주세요!"

발밑을 보니 남자 아이가 행전을 붙잡고 있고 창문으로 노파와 농부가 이쪽을 빤히 쳐다보고 있었다.

에리세이는 잠에서 깨어난 후 혼자서 중얼거렸다.

'그래, 내일은 초지와 밭을 찾아 주자. 말도 사 주고 아이들한테 암소도 한 마리 사 주자. 그렇게 하지 않고는 바다를 건너 성지를 찾아가도 내 마음속의 그리스도를 잃어버리게 돼. 무엇보다도 이 사람들을 먼저 도와주어야 해.'

이렇게 결심이 서자 에리세이는 깊은 잠을 잘 수가 있었다. 아침 일찍 일어난 그는 부자 농부를 찾아가 밭을 도로 찾고 초지 대금도 지불했다. 그리고 큰 낫을 사서 집으로 갔다. 농부는 풀을 베러 보내고, 자신은 여기저기 농가를 찾아다니다가 선술집 주인한테서 수레가 딸린 말을 팔려고 내놓았다는 사실을 들었다. 값을 흥정해서 그것을 사기로 하고 이번에는 암소를 사러 다녔다.

에리세이가 마을 거리를 걷고 있는데 여자 두 명이 바로 앞에서 수다를 떨면서 걷고 있었다. 에리세이는 여자들이 이야기하는 것을 듣고 자기에 관한 소문이 퍼졌다는 것을 알았다.

한 여자가 에리세이에 대해 말했다.

"처음에는 아무도 그 사람이 누군지 몰랐다는 거

야. 그저 순례자로만 알고 있었지. 물
한 그릇 얻어 마시려고 들
어갔다가 그대로 그 집
에 머물고 말았다니까.
그리고 그 사람들한테 뭐든
지 사 주었다는 거야. 내 눈으로 보았어. 오늘도 그
사람은 선술집 주인한테서 수레가 딸린 말을 샀대.
이 세상에 그런 사람이 흔하겠어? 한번 가 보자."

이 말을 들은 에리세이는 자기가 칭송을 받고 있는
것을 깨닫고 암소를 사러 가는 일을 그만두었다. 그
는 선술집으로 되돌아가 말 값을 치렀다. 그리고 말
에 수레를 걸어 매고는 그것을 타고 오두막으로 돌아
갔다. 문 앞까지 타고 가서 말을 멈추고 수레에서 내
렸다.

집에 있던 사람들은 에리세이가 말을 산 것이 자기
들을 위해서라고는 생각했지만 차마 말하지 못했다.

농부가 문을 열고 뛰어나왔다.

"웬 말입니까?"

"마침 싸게 나온 게 있어서 샀어요. 밤에 먹을 수
있도록 풀을 조금 베어 말구유에 넣어 주세요."

농부는 말을 풀고 풀을 한 아름 베어 말구유에 넣
어 주었다. 다들 잠자리에 들었다.

에리세이는 집 밖에서 잤다. 그는 저녁때 자루를

밖에 내놓았다. 모두 잠든 후 에리세이는 일어나서 자루를 둘러메고 짚신을 신고 겉옷을 걸치고 예핌의 뒤를 쫓아 길을 떠났다.

7

에리세이가 5베르스타쯤 갔을 무렵 날이 밝았다. 그는 나무 밑에 앉아 자루를 열고 돈을 세어 보았다. 모두 십칠 루블과 이십 코페이카가 남아 있었다.

'가만 있자. 이 돈으로는 바다를 건너갈 수가 없겠군. 하지만 그리스도의 이름을 팔아 구걸하는 죄는 짓고 싶지 않아. 예핌 영감이 혼자서라도 가서 나 대신 양초를 바치고 돌아올 거야. 나는 죽기 전에 성지 순례를 못하겠지만 주님께서는 사랑이 크시니까 용서해 주실 거야.'

에리세이는 일어서서 몸을 쭉 펴고는 자루를 어깨에 짊어지고 오던 길로 되돌아갔다. 다만 그 마을을 지날 때는 누구에게도 눈에 띄지 않게 멀리 돌아서 갔다. 처음 성지 순례를 떠날 때는 걷기가 힘들어서 예핌을 뒤쫓아가기 바빴으나, 돌아올 때는 마치 하느님이 도와주시기라도 하듯 발걸음이 가볍고 힘든 줄을 몰랐다. 걸으면서도 마치 장난치듯이 지팡이를 휘

두르면서 하루에 칠십 베르스타씩이나 걸었다.

에리세이가 집에 돌아왔을 때 식구들이 마침 들에서 돌아올 시간이었다. 집안사람들은 할아버지가 돌아온 것을 기뻐하며 어쩌다가 친구한테 뒤처졌는지, 왜 끝까지 가지 않고 돌아왔는지 등을 물었다. 그러나 에리세이는 그동안 있었던 일을 자세히 이야기하지 않았다.

"도중에 돈을 다 써 버렸지 뭐냐. 그래서 예픔 영감을 놓쳐 가지 못한 것뿐이야. 그리스도를 위해 용서해 다오!"

에리세이는 남은 돈을 아내에게 주며 집안일에 대해 물었다. 모든 것이 잘되어 가고 있었다. 농사에 실수도 없었고 가족들은 평화롭게 살고 있었다.

그날, 예픔 영감네 가족들도 에리세이가 돌아왔다는 말을 듣고 예픔의 소식을 들으려고 찾아왔다. 에리세이는 그들에게도 같은 말을 해 주었다.

"예픔은 건강하게 잘 갔단다. 우리는 베드로 축일 사흘 전에 헤어졌는데, 나는 뒤쫓아가려고 했지만 그만 일이 생겼어. 돈을 다 써 버려 여비가 없었지. 그래서 되돌아온 거란다."

사람들은 놀랐다. 현명한 사람이 어떻게 그런 바보 같은 짓을 했는지, 성지 순례를 떠났다가 목적지에 닿기도 전에 돈만 쓰고 오다니 믿을 수 없는 일이었다.

에리세이는 일을 시작했다. 아이들과 함께 겨울 땔감을 준비하거나 여자들과 함께 타작을 했다. 그리고 헛간의 지붕을 이기도 하고 꿀벌을 보살피기도 했으며, 벌의 유충을 벌꿀 열 통과 함께 이웃 사람에게 넘기기도 했다. 아내는 팔아넘긴 벌통에서 얼마나 분봉했는지를 그에게 숨기려고 했으나 에리세이는 자신의 것과 이웃 사람의 것을 정확히 알고 있었다. 그래서 그는 이웃 사람에게 열 통이 아니라 열일곱 통을 건네주었다.

에리세이는 수확이 끝나자 아들은 일하러 내보내고, 자신은 겨울 동안 짚신을 삼거나 벌통을 만들면서 지냈다.

8

에리세이가 물을 얻어 마시러 농가에 간 그날, 예핌은 하루 종일 친구가 뒤쫓아오기를 기다렸다. 그는 조금 더 가서 기다리다가 그만 길가에서 깜박 졸았다. 잠을 깬 후에도 여전히 앉아 기다렸으나 친구는 오지 않았다. 그는 두리번거리며 주변을 둘러보았다. 해는 벌써 동네 저편으로 지고 있는데 에리세이는 끝내 오지 않았다.

"혹시 벌써 지나쳤는지도 몰라. 아니면 마차라도 얻어 타고 지나가서 나를 보지 못한 게 아닐까? 하지만 나를 보지 못했을 리가 없어! 여긴 들판이어서 모든 게 잘 보이는걸. 내가 되돌아가도 되겠지만 만일 그사이 에리세이가 앞서 갔다면 도리어 거리가 멀어져서 더 난처해지겠지. 차라리 계속 가서 오늘 밤에 묵을 마을에서 만나는 게 낫겠어."

마을에 도착하자 그는 마을 경찰에게 만일 이러이러한 사람을 보면 자기가 묵는 집으로 보내 달라고 부탁했다. 그런데 에리세이는 그 숙소에도 오지 않았다.

예핌은 다시 여행을 계속하며 만나는 사람마다 머리가 벗어지고 몸집이 작은 노인을 보지 못했느냐고 물었다. 그러나 아무도 보았다는 사람이 없었다. 예핌은 하는 수 없이 그대로 혼자서 계속 걸어갔다.

'오데사에 가면 어디서든 만나겠지. 그렇지 않으면 배에서 만나든지.'

그리고 나서 더 이상 생각하지 않았다.

도중에 한 수도사와 길동무가 되었다. 수도사는 보통의 수도사 복장을 하고 둥근 모자 밑에 긴 머리를 늘어뜨리고 있었다. 이제까지는 아젠에 있었고, 지금 두 번째 예루살렘 순례를 한다고 했다. 그들은 숙소에서 만나 이야기를 하다가 함께 가기로 한 것이었다.

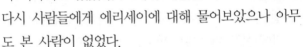

그들은 무사히 오데사에 당도했다. 거기서 사흘간 배를 기다렸다. 거기에는 여러 나라에서 온 수많은 순례자들이 기다리고 있었다. 그래서 예핌은 또 다시 사람들에게 에리세이에 대해 물어보았으나 아무도 본 사람이 없었다.

수도사가 예핌에게 무임으로 승선하는 방법을 가르쳐 주었으나 예핌은 그 말을 따르지 않았다.

"나는 여비를 준비해 왔으니까 돈을 내는 게 낫겠습니다."

그리고는 왕복 뱃삯 사십 루블을 내고, 도중에 먹을 빵과 청어 등을 샀다. 배가 짐을 다 싣자 순례자들은 배에 올라탔다. 예핌도 수도사와 함께 배에 탔다. 닻이 오르고 밧줄이 풀리면서 배는 바다로 떠났다. 낮에는 별 탈 없이 항해했으나 저녁때부터 바람이 일고 비가 내리면서 배가 흔들리고 파도가 배를 덮쳤다.

사람들은 바닥에 나뒹굴고 여자들은 울부짖었으며, 몇몇 남자들은 배 안을 뛰어다니면서 안전한 자리를 찾아다녔다. 예핌도 공포심에 사로잡혔으나 겉으로 드러내지 않았다. 올라탔을 때 탐보프 노인과 나란히 마루에 앉은 모습 그대로 하룻밤과 이튿날 하루를 꼬박 버텼다. 오직 자루만 꼭 붙든 채 한마디도 하지 않았다. 사흘째 바다는 겨우 조용해졌다.

닷새째 되는 날, 콘스탄티노플에 닿았 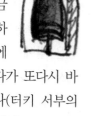 다. 순례자들 가운데는 배에서 내려 지금 은 터키가 점령한 소피아 성당을 구경하 러 간 사람도 있었으나, 예핌은 배 위에 남아 있었다. 배는 꼬박 하루를 정박했다가 또다시 바 다로 떠났다. 그리고 나서 또 스미르나(터키 서부의 에게 해에 있는 항구 도시)와 알렉산드리아(이집트 북 부에 있는 무역항)에 들렀다가 이윽고 야파 거리에 도 착했다. 순례자들은 모두 야파에서 내려 예루살렘까지 칠십 베르스타를 걸어가야 했다.

그런데 배에서 내릴 때 공포가 또다시 사람들을 사 로잡았다. 배가 높기 때문에 사람들은 그 배 밑에 있 는 거룻배에 옮겨 타야 했다. 그러나 거룻배가 몹시 흔들려서 자칫하다가는 제대로 옮겨 타지도 못하고

바다 속으로 떨어질 것 같았다. 실제로 두 사람이 옮겨 타다가 바다에 빠져 몸이 흠뻑 젖었으나 어쨌든 다들 무사했다.

배에서 내리자 사람들은 모두 휘청거리며 길을 떠났다. 그리고 사흘째 되는 점심때 예루살렘에 이르렀다. 그들은 시외의 러시아인 숙소에 도착하여 여권 사증을 받은 다음 식사를 끝내고 나서 수도사와 함께 성지 순례를 다녔다. 가장 중요한 그리스도의 묘는 아직 참배가 허용되지 않았다. 그들은 먼저 주교 수도원에서 참배하고 양초를 바쳤다. 예수님의 묘가 있는 부활의 성당은 밖에서 참배했다. 그러나 그 성당 전체는 외부에서 보이지 않았다.

다음 날 아침, 그들은 이집트의 마리아가 그곳으로 피해 자신의 몸을 구한 곳에 들어가 양초를 바치고 기도를 올렸다.

그곳에서 아브라함 수도원으로 돌아가 아브라함이 신을 위해 자신의 아들을 찔러 죽이려고 한 사베크의 정원을 보았다. 그리고 그들은 그리스도가 막달라 마리아에게 모습을 나타내셨다는 성지를 참관하고 주님의 형제 야곱의 교회로 향했다.

수도사는 여러 곳을 안내하며, 가는 곳마다 어디서

는 돈을 얼마나 바쳐야 하고 어디서는 양초를 바쳐야
한다고 가르쳐 주었다.

성지 순례를 마치고 숙소에 돌아와 막 잠을 자려고
하는데, 수도사가 갑자기 깜짝 놀라며 자기 옷을 이
리저리 뒤지기 시작했다.

"내 지갑을 도둑맞았어. 이십삼 루블이 들어 있었
는데…… 십 루블짜리 지폐 두 장하고 잔돈 3루블하
고……."

나그네 수도사는 푸념을 늘어놓았지만 어쩔 수 없
는 일이었다. 이윽고 사람들은 잠자리에 들었다.

9

예핌도 잠을 자려고 누웠으나 마음속에서 이런 생각이 들었다.

'저 수도사가 돈을 잃었을 리가 없어. 수도사는 처음부터 돈이 없었을 거야. 저 사람은 어디서도 돈을 내지 않았으니까. 늘 내가 내도록 하고 자기는 한 번도 낸 적이 없어. 게다가 나한테 1루블까지 빌렸잖아?'

하지만 예핌은 곧 자신을 나무랐다.

'내가 왜 남을 의심하지? 그건 죄를 짓는 거잖아. 이제 쓸데없는 생각은 하지 말자.'

간신히 마음을 가라앉혔다 싶었는데 또다시 수도사가 정말 돈을 노리고 있다는 것과 그가 지갑을 도둑맞았다고 허풍 떠는 모습이 떠올랐다.

'저 사람은 틀림없이 돈을 가지고 있지 않았어.'

그는 단정했다.

'발뺌하려는 게 분명해.'

이튿날, 그들은 부활 대성당에서 거행되는 기도실에 참배하러 갔다. 수도사는 예핌의 곁을 떠나지 않고 언제나 그와 함께 갔다.

그들은 성당에 도착했다. 거기에 모인 많은 순례자

들은 러시아인뿐만 아니라 그리스인, 아르메니아인, 터키인, 시리아인 등 세계 도처에서 온 사람들이었다.

예핌은 사람들과 함께 성문을 빠져나가 터키인 경비원 곁을 지나 옛 그리스도를 십자가에서 내려 향유를 바른, 지금은 아홉 자루의 커다란 촛대가 있는 곳으로 갔다. 예핌은 거기에 양초를 바쳤다.

그리고 나서 수도사가 이끄는 대로 그리스도가 못 박혔던 십자가가 세워져 있던 곳, 골고다로 가려고 오른쪽 계단을 올라갔다. 예핌은 거기서도 기도를 올렸다. 그리고 지면이 지옥까지 갈라졌다는 곳과 그리스도의 손발을 십자가에 못 박

았다는 곳을 구경하고, 이어서 그리스도의 피가 아담의 뼈 위에 뿌려졌다는 아담의 관을 보았다. 이윽고 그들은 그리스도가 가시관을 쓸 때 앉았던 돌이 있는 곳을 거쳐 그리스도를 채찍질할 때 그를 결박했다는 기둥이 있는 곳으로 갔다.

마지막으로 예핌은 그리스도의 발자국이라는 두 개의 구멍이 뚫린 돌도 보았다. 아직 볼거리는 많았으나 사람들은 길을 재촉했다. 그리스도의 관이 있는 동굴 쪽으로 서둘러 간 것이었다. 거기서는 마침 다른 파의 성찬식이 끝나고 정교의 성찬식이 시작되려

는 참이었다. 예핌은 사람들과 함께 동굴에 들어갔다.

그는 수도사와 헤어지고 싶었다. 마음속에서 쉴 새 없이 수도사에 대해 죄스러운 의심이 들었기 때문이었다. 하지만 수도사가 좀처럼 떨어지지 않아 그리스도 관 성찬식에서도 그와 함께 참여했다. 그들은 앞으로 더 나아가고 싶었으나 생각뿐이었다. 앞으로도 뒤로도 꼼짝달싹할 수 없을 만큼 많은 사람이 모였기 때문이다.

예핌은 선 채로 앞쪽을 보고 기도하면서도 지갑이 호주머니에 무사히 있는지를 끊임없이 생각했다. 그의 마음은 둘로 나뉘었다. 하나는 수도사가 자기를 속이는 것은 아닌가 하는 생각과 또 하나는 실제로 지갑을 도둑맞았다면 자기는 도둑맞지 않아 다행이라는 생각이 든 것이었다.

10

예핌은 서서 기도를 드리면서 그리스도의 관 위에 서른여섯 개의 촛불이 타고 있는 앞쪽의 교회를 물끄러미 바라보았다. 예핌이 선 채로 사람들의 머리 너머로 관을 보고 있는데, 정말 이상한 일이었다. 촛불 바로 아래, 사람들의 정면에 긴 회색 저고리를 입은 몸집이 작은 한 노인이 마치 에리세이 보드로프와 같이 빤질빤질하게 벗어진 머리를 반짝이고 서 있는 모습이 눈에 띄었다.

'아니, 에리세이하고 꼭 닮았잖아. 하지만 에리세이는 아니겠지! 그가 나보다 먼저 왔을 리가 없어. 우리가 탄 배보다 먼저 출발한 배는 우리보다 일주일이나 앞서 왔으니까. 저 사람이 그 배를 탔을 리가 없지. 그렇다고 우리 배에도 타지 않았는데……. 나는 타고 있던 순례자들을 한 사람도 빠뜨리지 않고 확인했으니까.'

그때, 그 노인은 기도를 시작하고 세 차례 크게 절을 했다. 한 번은 정면의 하느님 쪽에, 다음에는 양쪽의 정교 신자들 쪽에 했다. 노인이 오른쪽으로 머리를 돌렸을 때 예핌은 깜짝 놀랐다. 그는 틀림없는 에리세이였다. 곱슬곱슬한 검은 턱수염, 흰 털이 섞인 구레나룻, 눈썹, 코, 영락없는 그였다. 그 사람은 에리세이 보드로프였다.

예핌은 친구를 발견해 몹시 기뻤으나 어떻게 에리세이가 자기보다 먼저 이곳에 올 수 있었는지 그것이 이상해서 견딜 수가 없었다.

'그건 그렇다 치고 에리세이는 어떻게 저토록 앞으로 나아갔을까!'

그는 의아했다.

'아마 좋은 안내자를 만나 그 사람을 따라온 게 틀림없어. 여기를 나갈 때 수도사를 따돌리고 저 친구를 어떻게든 붙잡아 함께 다녀야 할 텐데…… 그러면 나도 앞에 나아갈 수 있을지 몰라.'

예핌은 에리세이를 놓치지 않으려고 줄곧 그쪽만 주시했다.

이윽고 낮 예배가 끝나자 사람들이 슬슬 움직이기 시작했다. 모두 십자가에 입을 맞추려고 혼잡한 가운데 예핌은 한쪽 귀퉁이로 밀려났다. 그러자 그는 또 지갑을 도둑맞지나 않을까 하는 불안에 사로잡혔다. 예핌은 한 손으로 지갑을 단단히 누르고 조금이라도 넓은 곳으로 나아가기 위해 붐비는 사람들에게서 벗어났다. 간신히 조금 한가한 곳으로 나온 그는 이리저리 돌아다니며 열심히 에리세이를 찾았으나 보이지 않았다. 어느덧 사

원 밖에까지 나왔으나 역시 그를 만나지 못했다.

낮 예배가 끝난 뒤에 예핌은 에리세이를 찾으려고 숙소마다 찾아다녔다. 한 집도 빠뜨리지 않고 다녔지만 그를 찾아내지 못했다. 그날 밤은 수도사도 돌아오지 않았다. 그는 한 푼도 내지 않고 어디론가 숨어버렸다. 예핌은 혼자 남았다.

이튿날 배에서 알게 된 탐보프 노인과 함께 예핌은 또 그리스도의 관을 참배했다. 앞쪽으로 나아가려 했으나 다시 구석으로 밀려 들어가고 기둥 곁에 서서 기도를 드렸다. 앞쪽을 보니 또다시 촛불 바로 아래, 그리스도의 관 옆에 있는 가장 좋은 자리에 에리세이가 서서 사제처럼 두 팔을 벌리고 있었다. 그리고 그의 벗어진 머리 주변이 빛나고 있었다.

'이번엔 놓치지 말아야지.'

예핌은 온 힘을 다해 앞쪽으로 나아갔다. 이윽고 그곳에 다다랐다. 그런데 에리세이의 모습은 이미 보이지 않았다. 벌써 나간 게 틀림없었다.

사흘째에도 예핌은 낮 예배에 참여했다. 그리고 또 앞을 바라보니 가장 거룩한 자리에 서서 두 팔을 벌리고 자기 위에 있는 무언가를 보고 있는 것처럼 위쪽을 가만히 응시하는 에리세이가 맨 먼저 눈에 띄었다. 이번에도 그의 벗어진 머리 주변이 빛나고 있었다.

'이번엔 절대 놓치지 않겠어. 오늘은 출구에 나가 서 있어 보자. 그곳이라면 서로 엇갈리는 일은 없겠 지.'

예핌은 미리 나가 서 있었다. 안에 있던 사람이 모 두 나올 때까지 서 있었으나 에리세이는 끝내 나오지 않았다.

예핌은 예루살렘에 6주 동안 머물면서 모든 성지를 빠짐없이 둘러보았다. 베들레헴, 베다니, 요단강도 순 례하였고, 그리스도의 묘에서는 죽을 때 입을 새 내 복에 도장을 받았다.

요단강의 물을 유리병에 담고, 예루살렘의 흙과 양 초를 나누어 받는 등 돌아갈 비용만 남기고 가진 돈 을 전부 써버렸다.

이렇게 해서 예핌은 귀로에 올랐다. 야파까지 걸어 가서 배를 타고 오데사에서 내려 거기서부터는 걸어 서 집으로 향했다.

11

예핌은 갔던 길을 혼자서 걸었다. 집이 가까워 오 자 그가 집을 비운 사이에 가족들이 어떻게 살았을까 걱정되었다.

'1년은 물 흐르는 것과 같다고
했지만 그래도 꽤 많이 달라졌겠
지? 집을 짓는 데엔 평생이 걸리지
만 부수는 건 금방이거든. 내가 집
을 비운 동안 아들은 집안일을 잘
했을까? 봄 농사는 시작했을까? 가
축은 어떻게 겨울을 났을까? 새 집은 다 지었을까?'

예핌은 지난해에 에리세이와 헤어졌던 마을 근처에
다다랐다. 그 마을 근처 사람들은 몰라볼 만큼 변해
있었다. 지난해에는 하루하루를 겨우 연명하고 있었
는데 올해에는 다들 넉넉했다. 농사도 잘돼 사람들은
전보다 더 건강했고, 이전의 슬픔은 잊고 있었다.

예핌은 해가 질 무렵, 지난해에 에리세이가 머물렀
던 바로 그 마을에 이르렀다. 그가 마을에 들어서자
마자 한 농가에서 새하얀 셔츠를 입은 한 여자 아이
가 뛰어나왔다.

"할아버지, 할아버지! 저희 집으로 오세요."

예핌은 지나치려 했으나 여자 아이가 도무지 놓아
주지 않았다. 그 아이는 옷깃을 잡아끌며 그를 오두
막집 쪽으로 끌고 가면서 환하게 웃었다.

출입문이 나 있는 층계 위에는 한 여인이 남자 아
이를 데리고 나와 똑같이 손짓하고 있었다.

"자, 할아버지, 이리 오세요. 저녁 드시고 쉬어 가

세요."

예핌은 다가섰다.

'마침 잘됐다. 내친김에 에리세이의 일을 물어보자. 그때 에리세이가 물을 마시러 간 게 틀림없이 이 집이었으니까.'

예핌이 들어서자 여인은 자루를 받아 주고, 씻을 물을 내놓고 나서 식탁으로 모셨다. 그러고 나서 우유와 보리 경단, 보리죽을 식탁 위에 차려 놓았다.

예핌은 인사말을 하고 그들이 순례자에게 친절히 대하는 것을 칭찬했다. 그러자 여인은 고개를 저으며 말했다.

"저희는 길 가는 이들을 친절하게 대하지 않을 수 없습니다. 저희는 길을 가던 나그네 덕택에 정말로 살아갈 힘을 얻었어요. 그동안 저희는 하느님을 잊고 살았습니다. 그래서 하느님에게 벌을 받아 모두 죽을 수밖에 없었습니다. 지난여름에는 모두 병이 들고 먹을 것조차 없었습니다. 만일 그때 하느님이 손님과 같은 할아버지를 저희에게 보내 주지 않으셨다면 저희는 벌써 죽었을 것입니다. 그분은 낮에 물을 마시러 오셨다가 저희를 보고 불쌍하게 여기시고 이곳에 머무르셨습니다. 그리고 저희에게 물을 마시게 해 주시고, 먹여 주셨으며, 일어설 수 있게 해 주셨습니다. 저당 잡혔던 땅을 되찾아 주시고 말이 딸린 수레까지 사 주시고 떠나셨습니다."

그때 오두막 안으로 노파가 들어와 여인의 말을 이어서 계속했다.

"실은 저희도 그분이 사람인지 하느님의 사자인지 잘 모릅니다. 저희 모두를 불쌍히 여기시고 보살펴 주시다가 떠나셨습니다만, 아무 말씀도 하지 않고 떠나셨기 때문에 저희는 누구를 위해 하느님께 기도해야 좋을지 모르는 형편입니다. 그때 일은 지금도 눈에 선합니다. 저희가 여기에 잠들어 죽기만을 기다리고 있는데 몸집이 작고 머리가 벗어진 할아버지가 들어와 물 한잔을 달라고 하셨습니다. 죄 많은 저희는 '왜 어정거리고 있는 거야.' 라고 생각했습니다. 그런데 그분은 저희를 보자마자 어깨에 메고 있던 자루를 이곳에 내려놓더니 끈을 풀고……."

그러자 여자 아이가 참견했다.

"아냐, 할머니, 그 할아버지는 처음에 이곳에, 우리 집 한가운데에 자루를 내려놓으셨다가 의자 위에 올려놓으셨어요."

이렇게 그들은 앞을 다투어 에리세이가 한 말과 한 일들을 이야기했다.

밤이 되자 주인인 농부가 말을 타고 돌아와서는 앉자마자 에리세이가 그들 집에서 머물던 동안의 이야기를 꺼냈다.

"만일 그분이 안 오셨더라면 저희는 많은 죄를 지은 채 죽었을 게 틀림없습니다. 저희는 완전히 정신을 잃고 죽어가면서 하느님과 사람들을 원망했습니다. 그런데 그분이 저희를 일으켜 세워 주셨습니다. 그분 덕택에 저희는 하느님을 알고 좋은 사람들을 믿게 되었습니다. 그리스도여, 부디 그분을 지켜 주십시오! 저희는 원래 짐승처럼 살아왔습니다만, 그분이 저희를 사람으로 만들어 주셨습니다."

그들은 예핌을 배불리 먹고 마시게 해 주고 나서 침상으로 안내하고 자기들도 잠자리에 들었다.

예핌은 자리에 누웠으나 잠이 오지 않았다. 그의 머릿속에서는 예루살렘에서 세 번이나 사람들의 맨 앞에 서 있던 에리세이의 모습이 떠나지 않았다.

'그렇다면 이 친구는 어디선가 나를 앞지른 게 틀림없어. 내 수고가 주님께 받아들여졌는지 어떤지는 모르지만 그 친구의 수고는 틀림없이 받아들여졌구나.'

이튿날 아침, 오두막집 사람들은 예핌과 작별인사를 하면서 여행 중에 먹으라고 자루 속에 피로그(튀긴 고기만두)를 넣어 주고 일터로 갔다. 예핌은 다시 귀로에 올랐다.

12

예핌은 꼬박 1년을 여행으로 보내고 봄이 되어서야 집에 돌아왔다.

그는 저녁 무렵 집에 도착했지만 아들은 집에 없었다. 술집에 가 있었던 아들은 한잔하고 집에 돌아왔다. 예핌은 집안일에 대해 여러 가지를 묻기 시작했다. 그가 집을 비운 사이에 아들이 방탕한 생활을 한 것을 금방 알 수 있었다. 돈은 모두 나쁜 곳에 써 버리고 일은 모두 내팽개쳤다. 예핌이 그를 나무라자 아들은 난폭한 태도로 대들었다.

"그렇다면 아버지가 하시지 왜 저를 시키셨어요?"

예핌은 화가 나서 아들을 때렸다.

이튿날 아침, 예핌 타라스이치는 이장에게 여권을 돌려주러 가는 도중에 에리세이네 집 근처를 지나갔다.

에리세이의 아내가 출입문 층계에 서 있다가 그에게 인사를 했다.

"안녕하세요, 영감님! 건강하게 돌아오셨군요?"

예핌 타라스이치는 멈춰 서서 말했다.

"덕분에 잘 돌아왔습니다. 댁의 남편을 놓쳤는데 듣자니 무사히 돌아왔다지요?"

그러자 에리세이의 아내가 이야기하기 시작했다.

"네, 벌써 오래전에 돌아왔어요! 성모 승천제가 지난 뒤 바로 돌아왔습니다. 하느님 덕분에 빨리 돌아와서 기뻐하고 있습니다. 그 사람이 없으니까 집안이 쓸쓸했어요. 이제 나이가 나이인지라 할 일은 딱히 없지만 역시 가장이 있어야 집안도 제대로 돌아가고 모두 활력이 넘치지요. 아이들도 얼마나 기뻐하는지 몰라요! 아버지가 없으면 눈에 정열이 사라진 것 같고 정말 쓸쓸해해요. 우린 정말 그분을 사랑하고 의지하고 있어요!"

"그건 그렇고, 지금 집에 있나요?"

"있습니다. 유충들이 보금자리를 떠날 때가 되었다며 하느님이 자신도 전혀 본 일이 없는 힘을 벌한테 주셔서 벌이 아주 잘 되었대요. 죄가 있든 없든 하느님은 힘을 주신다고 했습니다. 가서 만나 보세요. 그이도 무척 기뻐할 테니까요!"

예핌은 출입문을 통해 정원을 지나 양봉장에 있는 에리세이에게 갔다. 에리세이는 그물을 쓰거나 장갑

도 끼지 않고 긴 회색 저고리를 입은 채 자작나무 밑
에 서서 두 팔을 펴고 하늘을 바라보고 있었다. 그런
데 그의 대머리 주변은 그가 예루살렘에서 그리스도
의 관 곁에 서 있을 때와 마찬가지로 빛나고 있었다.
그 위에는 예루살렘에 있을 때와 다름없이 자작나무
사이로 태양이 눈부시도록 아름답게 빛나고 있었다.
그리고 머리 둘레에는 금빛을 띤 꿀벌들이 관처럼 원
을 그리며 무리 지어 날아다니고 있었지만 그를 쏘는
일은 없었다.

예픔은 멈춰 섰다.

에리세이의 부인이 남편을 불렀다.

"아저씨가 오셨어요."

에리세이는 뒤돌아보고 기뻐하며
턱수염에서 꿀벌을 살살 치우고 친
구에게 걸어왔다.

"어서 오게, 오랜만이야……. 무
사히 돌아왔군."

"간신히 돌아왔지. 자네한테 주려
고 요단 강물을 떠 왔네. 아무 때고
와서 가져가게. 그건 그렇고 하느님이 내 정성을 받
으셨을까……?"

"아, 하느님께 감사할 일이군. 하느님의 축복이 있
기를!"

예핌은 잠시 말이 없었다.

"몸은 다녀왔지만 영혼은 어떤지 모르겠네. 아니면 정작 다른 사람이……."

"무슨 일이든 하느님의 뜻이지. 여보게, 모두 하느님의 뜻이야."

"돌아오는 길에 나도 그 농가에 들렀었지. 자네가 뒤처졌던……."

에리세이는 놀라서 허둥댔다.

"하느님의 뜻이야. 여보게, 모든 것이 하느님의 뜻이라네. 그보다는 안으로 가지. 꿀물을 한잔 대접할 테니까."

에리세이는 말머리를 돌려 집안일을 이야기하기 시작했다.

예핌은 탄식했지만 자기가 농부네 집에서 만난 사람들의 일이나 예루살렘에서 그를 본 일에 대해서는 한마디도 하지 않았다. 그는 비로소 하느님은 모든 사람에게 죽는 날까지 사랑과 선행으로 그 의무를 다하도록 명하셨다는 것을 깨달았다.

이반과 가브릴로는

이웃끼리 정답게 지냈다.

이반 시체르바코프는
불은 애초에 끄지 않으면 안 된다는,

하느님의 가르침을 마음속 깊이 새겨 두고 잊지 않았다.

불은 놓아두면
끄지 못한다

불은 놓아두면
끄지 못한다

 어떤 마을에 이반 시체르바코프 라는 농부가 있었다. 살림도 넉넉 하고 건강하여 마을의 제일가는 일 꾼이었으며 세 아들 또한 다 성장 해 있었다. 큰아들은 벌써 결혼했 고, 둘째아들도 이제 결혼할 나이였으며, 셋째는 아 직 한 사람 몫은 안 되었으나 집도 짓고 밭일도 슬슬 하기 시작하였다. 이반의 아내도 영리하여 알뜰하게 살림을 꾸려 나갔으며 며느리도 얌전하고 일 잘하는 여자가 들어왔다. 이반은 그들을 거느리고 유복하게 살아가고 있었다. 온 집안에서 일하지 못하는 사람이 라곤 오직 늙고 병든 아버지뿐이었다. (천식으로 벌써 7년째나 페치카 위에 누워 있었다).

이반에게는 무엇이나 다 갖춰져 있어, 말은 세 필 이나 되고 망아지도 있었다. 어미 소와 송아지도 있

었고, 양은 열세 마리나 되었다.
여자들은 신발도 만들고 옷도
꿰매고 틈틈이 밭일도 거들었
으며 남자들은 열심히 농사
를 지었다. 그래서 추수한 보
리가 다음해 새로 보리를 거
둬들일 때까지도 남아돌 정도였
다. 세금과 그 밖의 비용은 귀리로

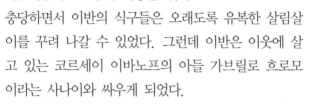

충당하면서 이반의 식구들은 오래도록 유복한 살림살
이를 꾸려 나갈 수 있었다. 그런데 이반은 이웃에 살
고 있는 코르세이 이바노프의 아들 가브릴로 흐로모
이라는 사나이와 싸우게 되었다.

　예전 코르세이 노인이 살아 있고, 이반의 아버지가
살림을 맡아서 했을 무렵 두 집은 서로 정다운 이웃
이었다. 여인들이 키나 물통이 필요하거나, 남자들이
곡식을 넣을 부대가 필요할 때, 또 갑자기 수레바퀴
를 갈아야 할 때면 서로 달려가 도와주곤 했던 것이
다. 간혹 송아지가 탈곡장에 뛰어들거나 하면 그것을
몰아내고 이렇게 말할 뿐이었다.

　"송아지를 좀 단속해서 이리 못 오게 해줘. 우린
아직 짚단을 그냥 널어놓았으니까."

　그 송아지를 탈곡장에 감춰 놓거나 서로 욕을 하거
나 하는 일은 전혀 없었다.

노인들의 시절에는 그렇게 오순도순 살았는데 젊은 이들이 살림을 맡아 하게 되자 형편이 달라졌던 것이다.

일의 발단은 아주 하찮은 데서 일어났다.

이반의 며느리가 기르는 닭이 겨우 알을 낳게 되었다. 젊은 며느리는 부활제 때에 쓰려고 그 달걀을 정성스레 모으고 있었다. 매일같이 광 안에 있는 닭의 둥우리에 가서 알을 꺼내 보곤 했는데, 어느 날 암탉이 무엇에 놀랐는지 울타리를 넘어 이웃집 마당으로 들어가 거기에다 알을 낳았다. 젊은 며느리는 암탉이 꼬꼬댁거리는 소리를 들었으나, '지금은 알을 가지러 갈 틈이 없어, 알은 나중에 가서 꺼내면 되니까' 하고 생각했다.

저녁때가 되어 광 안의 둥우리에 가 보니 달걀이 없었다. 젊은 며느리가 시어머니와 시동생에게 알을 꺼내지 않았느냐고 물어 보았지만 꺼내지 않았다고 대답했다. 그때 막내 시동생 타라스카가 말했다.

"형수님, 암탉이 이웃집 마당에서 알을 낳고 꼬꼬댁거리던데요."

젊은 며느리가 암탉을 보니 벌써 수탉과 나란히 홰에 올라앉아 이제 그만 자자고 하는 듯이 눈을 감고 있었다. 너 어디서 알을 낳았느냐고 물어보고 싶지만 어차피 대답이 없으리라는 것을 알고 젊은 며

불은 놓아두면 끄지 못한다

느리는 옆집으로 갔다. 그러자 그 집 할머니가 나와
서 물었다.

"웬일인가?"

"저, 다름이 아니라 우리 집 암탉이 이리로 날아와
서 이 언저리에 알을 낳은 것 같아서요."

"원, 그런 건 통 보지 못했네. 우리도 닭이 있어서
벌써부터 알을 낳기 때문에 남의 달걀 같은 건 필요
없어. 우리는 남의 집 마당을 어슬렁거리면서 달걀을
살피지는 않지."

젊은 며느리는 그 말에 화가 나서 언짢은 소리를
내뱉었다. 그러자 이웃 할머니도 마주 덤벼들어 두

아낙은 서로 욕지거리를 했다. 이반의 아내도 물통을 메고 오다가 한몫 끼어들었다. 가브릴로의 마누라도 뛰어나와 욕설을 하며 갖가지 일을 몽땅 들추어내는 것이었다.

거기서 큰 소동이 벌어졌다. 모두가 한꺼번에 떠들며 한 번에 두 마디씩이나 지껄이게 되었다. 너는 이렇다, 아니 너야말로 그렇다, 너는 도둑이다, 너는 몹쓸 계집이다, 너는 나이 먹은 시아비를 못살게 군다, 너는 깝죽거린다는 둥 늘어놓는 말마다 듣기 거북한 말뿐이었다.

"남의 키를 뚫어 놓고! 그리고 우리 집 멜대도 너희들이 가져갔지? 썩 이리 내놔!"

그렇게 말하고서는 멜대를 와락 끌어 잡아당기자 물은 엎질러지고, 머리에 두른 수건은 찢어지면서 이번에는 난투극이 벌어졌다. 거기에 들판에서 돌아오던 가브릴로가 달려들어 자기 마누라의 편을 들자 이반도 아들과 함께 뛰어와서 그야말로 치거니 받거니 큰 난장판이 벌어졌다.

이반은 건장한 사나이였으므로 사람들을 사방으로 밀어젖히고 가브릴로의 턱수염을 한 줌이나 뽑아 버렸다. 이를 보고 동네 사람들이 몰려와 겨우 싸움을 말렸다.

이것이 불화의 시초였던 것이다. 가브릴로는 뜯긴

턱수염을 들고 진정서와 함께 마을 재판소로 달려갔다.

"내가 턱수염을 기른 것은 곰보딱지 바니카(이반을 격의 없이 부르는 이름)에게 뜯기기 위해서가 아니었소."

그러자 마누라는 마누라대로 근처를 돌아다니면서 머지않아 이반이 소송에 져서 시베리아로 유형을 가게 될 것이라고 떠들어댔다.

이렇게 하여 이웃이 원수처럼 돼 버렸던 것이다. 노인은 애당초에 아들들을 타일렀으나 젊은 혈기는 그런 말을 들으려고도 하지 않았다.

노인은 재차 이렇게 말했다.

"너희들은 보아하니 어리석은 짓들을 하고 있다. 공연한 일로 싸움을 벌이다니. 잘 생각해 보아라. 말썽의 시초는 달걀 한 개가 아니냐? 옆집 어린아이가 알 하나 주웠다. 그게 뭐 대수냐. 달걀 하나에 얼마나 값이 나간다는 말인고. 모두가 하느님의 자식인걸. 아까울 게 무엇이냐!

그래, 저쪽에서 욕을 하거든 그것을 고쳐 앞으로는 고운 말을 쓰게끔 가르쳐 주려무나. 아니, 치고받고 싸웠다 할지라도 죄 많은 인간끼리 한 짓이니 그리 탓할 것 없다. 자, 어서 가서 빌고 화해하도록 해라. 그러면 그만인 것을 언제까지나 고집을 부리고 있으면 점점 더 꼬이느니라."

젊은이들은 노인이 하는 말을 듣지 않고 쓸데없는 잔소리를 한다고 투덜댔다. 그러니 이반도 꺾일 수 없었다.

"나는 녀석의 턱수염을 뽑은 일이 없어. 놈이 제 손으로 뜯어 놓고선 나에게 뒤집어씌우는 거야. 게다가 녀석의 아들놈은 남의 머리카락을 마구 쥐어뜯고 내 겉옷도 찢어놓았어. 자, 이것 좀 봐."

그렇게 말하고 이반도 고소하러 갔다. 두 사람은 중재 재판소에서도, 마을 재판소에서도 다퉜다.

그 소송이 벌어지고 있는 동안에 가브릴로네 수레 바퀴 굴대가 없어졌다. 가브릴로의 어머니나 그의 아내도 이반의 짓이라고 주장했다.

"우리는 다 보고 있었어요. 그놈이 한밤중에 창문 앞을 지나서 짐수레 있는 데로 갔으니까. 그리고 대모님 말씀이 녀석이 훔친 굴대를 주막에 가서 팔려고 했다지 않아요?"

그리하여 다시 소송이 벌어졌다. 날마다 입씨름 아니면 들러붙어 싸우기가 일쑤였다. 어린아이들까지 어른들이 하는 짓을 보고 배워 서로 욕질을 하고, 며느리들은 개울에서 만나면 빨랫방망이보다 혓바닥을 더 열심히 놀리는 지경이었다.

그래도 처음에는 서로 헐뜯는 정도였으나 점점 심해져서 나중에는 훔칠 수 있는 것은 서로 훔치게까지되었다. 아낙네들이 아이들에게 그렇게 시켰던 것이다. 두 집의 살림 형편은 자꾸만 기울어져갔다.

이반 시체르바코프와 가브릴로 흐로모이는 마을의 모임에서도, 마을 재판소에서도 중재 재판소에서도 마구 소송을 벌여 왔으므로 중재하는 쪽에서도 이젠 진저리가 났다.

가브릴로가 이반에게 벌금을 물리든지 유치장살이를 시키든지 하면 다음에는 이반이 가브릴로를 그렇게 만드는 것이다. 두 사람이 그러면 그럴수록 그들은 더욱더 고집불통이 돼 버렸다.

개들이 싸울 때 점점 더 사나와져서, 한쪽 개를 뒤에서 한 대 때리면 그 개는 상대방 개가 물었다 생각하고 더욱 달려드는 법이다. 두 농부도 그와 마찬가지로 둘 중의 어느 쪽인가가 벌금을 물거나 구류를 살게 되면 상대방에 대한 분노로 더욱 불타오르는 것이었다.

"어디 두고 보자, 혼을 내줄 테니."

이리하여 소송은 6년이나 계속되었다. 오직 노인만이 페치카 위에서 언제나 같은 말을 되풀이 하고 있었다.

노인은 이렇게 타일렀다.

"너희들은 도대체 무슨 짓을 하고 있느냐? 그런 싸움 같은 건 그만 멈춰라. 일을 등한히 해서는 안 된다. 남을 괴롭힐 생각만 하다가는 나도 골탕을 먹는다. 화를 내면 낼수록 점점 더 악화될 뿐이야."

그러나 아무도 노인의 말을 들으려 하지 않았다.

7년째 되는 해, 이런 일이 일어났다. 어떤 혼인잔치 자리에서 이반의 아내가 가브릴로에게, 당신은 말을 훔치다가 들키지 않았느냐고 하여 여러 사람 앞에서 크게 망신을 주었다. 화가 치민 가브릴로는 술이 거나하게 오른 참이라 이반의 아내를 내리쳐서 그녀는 일주일이나 앓아누웠다. 그녀는 임신 중이었다.

이반은 화가 나서 당장에 고소장을 가지고 예심 판사에게 달려갔다. 이번에야말로 혼 좀 나겠지. 시베리아 행은 어김없으렷다 하고 생각했던 것이다.

그런데 이반의 고소장은 아무런 소용이 없었다. 예심 판사가 소송을 받아들이지 않았던 것이다. 아내의 몸을 조사해 보았지만 아무런 상처도 없었기 때문이다. 이반은 이리저리 뛰어다니며 서기와 배심원들에게 술을 대접하여 끝내 가브릴로가 태형을 받게 하고

야 말았다.

"당 재판소는 다음과 같 이 판결한다. 농부 가브 릴로 흐로모이에게 태형 이십 대를 선고한다."

이반은 판결을 들으면 서 아주 흡족한 표정을 지 으며 가브릴로가 있는 쪽을 흘 끗 바라보았다. 가브릴로는 판결문 낭독이 끝나자 얼 굴이 창백해지더니 홱 돌아서서 복도로 나가 버렸다. 이반도 그 뒤를 따라 나가 말을 매 둔 곳으로 가려고 할 때 가브릴로가 말하는 소리를 들었다.

"내 등에 매가 떨어지게 하고도 네가 무사할 줄 아 느냐? 네 등이 불이나 데지 않게 조심하라고!"

이 말을 들은 이반은 곧바로 재판관에게 달려갔다.

"공평무사한 판사님! 녀석이 내 집에 불을 지르겠 답니다. 잘 물어 보아 주십시오. 사람들 앞에서 한 말 이니까요."

판사는 가브릴로를 불렀다.

"정말인가, 자네가 했다는 말이?"

"저는 아무 말도 하지 않았습니다. 판사님이 그럴 권한이 있으시거든 어서 저를 때리시죠. 그놈은 죄도 없는 나를 매 맞게 하고도 자기는 무슨 짓을 하든 상관없는 줄 아는 모양입니다그려."

가브릴로는 말을 더 하려고 했으나 입술과 뺨이 떨려서 말을 잇지 못하고 돌아서 버렸다. 판사들도 그의 태도를 보고는 흠칫 놀랐다. 자칫 잘못하다간 옆집 사나이와 그들 자신에게 어떤 무모한 짓을 할지도 모르겠다고 생각했던 것이다.

그래서 나이 많은 판사가 말했다.

"어떤가, 자네들. 이제 이 자리에서 화해하는 것이 좋지 않겠나? 이봐, 가브릴로 자네도 그렇지, 임신한 아낙네를 때리다니. 그래서야 되겠나? 하느님 덕분으로 무사했기에 망정이지 어떤 큰 죄를 저질렀을지 모르지 않은가. 대체 이것이 괜찮은 일인가? 자네가 이반에게 사과하게. 이반도 용서해 줄 걸세. 그렇게 하면 나도 이 판결문을 다시 써 줄 수 있네."

그것을 듣고 서기가 말했다.

"그건 안 됩니다. 형법 제117조에 의한 쌍방의 합의가 성립되지 않았고 재판소의 판결이 내려진 이상 그 판결은 집행되어야 합니다."

그러자 판사는 서기의 말은 들은 체도 않고 말했다.

"쓸데없는 참견은 마라. 제1조는 하느님을 잊어버리지 않는 일이다. 알겠는가? 하느님께서는 언제나 용서하라고 하셨다."

그렇게 말하고 판사는 다시 그들을 타일렀으나 막무가내였다. 가브릴로는 숫제 들으려고도 하지 않았다.

"저도 내년이면 쉰이 됩니다. 아들과 며느리도 있습니다. 저는 태어나서 아직 한 번도 남에게 매 맞은 일이 없는데, 이번에 이 곰보딱지 바니카 놈이 나를 채찍 아래 밀어넣으려고 합니다. 그런데도 제가 저놈에게 빌어야 합니까? 천만의 말씀입니다! 바니카야, 너 이놈, 어디 두고 보자!"

가브릴로의 입술은 다시 떨리기 시작했다. 더 이상 말도 계속하지 못하고 돌아서더니 그대로 나가 버렸다.

마을 재판소에서 자기 집까지는 십 베르스타 가량 떨어져 있어서 이반이 돌아왔을 때는 꽤 늦은 시각이었다. 여자들은 가축들을 맞으러 나가 있었다. 이반은 말을 마차에서 풀어 마구간에 넣고 나서 집 안으로 들어갔다. 집 안에는 아무도 없었다. 아들들은 아직 들에서 돌아오지 않았고, 아낙네들은 가축을 몰고 오는 중이었다.

이반은 의자에 앉아 생각에 잠겼다. 가브릴로가 판결문을 듣고 낯빛이 변하면서 휙 돌아앉던 일이 머리에 떠올랐다. 이반은 가슴이 옥죄는 듯한 느낌이 들었다. 만약에 자기가 태형 선고를 받으면 어땠을까 하고 처지를 바꾸어 생각해 보았다. 그러자 가브릴로가 측은해졌다.

문득 페치카 위에서 늙은 아버지의 기침하는 소리가 들리더니 몸을 움직여 아래로 내려왔다. 간신히 걸어와 노인은 의자에 앉았다. 노인은 의자까지 오는 데만도 힘이 들어 기침을 했다. 이윽고 기침이 가라앉자 테이블에 몸을 기대어 입을 열었다.

"어떻게 됐느냐, 판결이 났겠지?"

"태형 이십 대랍니다."

이반이 대답했다. 노인은 머리를 저으며 말했다.

"이반, 너는 옳지 못한 짓을 하고 있다. 암, 옳지 못하고말고! 가브릴로에게가 아니라 너 자신에게 말이다. 그래, 그가 채찍을 맞아 등이 갈라지면 네게 무슨 이익이 있느냐?"

"앞으로 그놈이 나쁜 짓을 안하게 되겠죠."

"뭘 안 해? 도대체 그가 뭘 네게 나쁘게 했다는 거냐?"

"아니, 그 녀석이 얼마나 행패를 부렸다고요!"

하고 이반은 흥분하여 말했다.

"집사람이 하마터면 죽을 뻔한 데다가 이번에는 또 불을 지르겠다고 을러대기까지 했어요. 그런데 고맙다고 해야 하나요?"

노인은 한숨을 지으며 말했다.

"이반, 너는 마음대로 돌아다닐 수 있고 나는 벌써 몇 년째나 페치카 위에 누워 있으니까 너는 세상의 모든 일을 잘 알고 이 아비는 아무것도 모른다고 생각하겠지만 그건 잘못된 생각이다. 네 눈은 아무것도 보지 못하고 있어. 네 눈은 증오심 때문에 흐려졌다. 남의 허물은 눈앞에 환히 보여도 자기의 허물은 등 뒤에 있어 보지 못하는 법이다.

너는 지금 뭐라고 했느냐. 그가 나쁜 짓을 한다고? 그 사람 혼자만 나쁜 짓을 했다면 싸움이 벌어질 리가 없어. 인간끼리의 싸움이 혼자서 되는 줄 아느냐? 싸움은 반드시 두 사람 사이에 벌어지는 거다.

상대방의 잘못은 보여도 자기의 잘못은 눈에 들어오지 않는다. 만약 그 사람만 심술궂고 너는 착한 사람이었다면 싸움 같은 건 일어나지 않았을 것이다.

그 사람의 턱수염을 뽑은 건 누구냐? 애써 쌓아놓은 낟가리를 헤집어 놓은 건 누구냐? 그 사람을 법정으로 이리저리 끌고 다닌 자는 누구냐? 그런데도 너는 모든 탓을 그 사람에게 돌리고 있다. 너의 그릇된 행동으로 만사가 이 지경이 된 것이야.

나는 말이다, 이반. 그런 짓은 해오지도 않았고 너희들에게도 그렇게 가르치지 않았다. 나나 그의 아버지나 그런 방식으로는 살지 않았다. 우리들 사이가 어땠는 줄 아느냐? 그야말로 이웃답게 살았다.

그 집에 밀가루가 떨어지면 부인이 찾아와 '프롤 아저씨, 밀가루가 떨어졌는데요.' 하면 나는 '곳간에서 쓸 만큼 가져가시죠.'라고 했다. 옆집에 말을 몰 사람이 없으면 '바니카, 옆집 말을 좀 몰아주렴.' 하고 말했지. 그리고 우리가 부족한 것이 있으면 서슴지 않고 가서 '코르세이, 이러이러한 게 없는데.' 하면 그는 '가져가, 프롤' 하고 말했지. 우리가 그렇게 지낼 때에는 살림도 넉넉했는데 요즘은 형편이 어떠냐?

바로 얼마 전에도 어떤 군인이 플레브나(1877년의 발칸 전쟁에서 러시아군이 터어키군과 교전한 싸움터)의 이야기를 하는 걸 들었지만, 어떠냐? 지금 너희가 하는 싸움은 그 플레브나보다 더 심하다고 생각지 않느냐? 도대체 이것이 사람 사는 것이라고 할 수 있겠느냐? 아니, 그건 죄악이라고 할 수밖에 없어!

너는 남자고 한 집안의 주인이니까 모든 책임은 네게 있는 것이다. 너는 아내와 자식들에게 무얼 가르치고 있느냐? 도저히 사람으로서 할 일이 아니다.

며칠 전에도 타라스카, 그 코흘리개 녀석이 옆집

아리나 아줌마에게 욕지거리를 하고 있는데도 어미는 그걸 보고 웃고만 있더구나. 도대체 이래도 괜찮다고 생각하느냐? 네 책임이다! 영혼에 대해 생각해 보아라. 그래, 그런 짓을 해도 좋겠느냐? 저쪽이 한 마디 하면 너는 두 마디 내뱉고 저쪽이 한 대 때리면 너는 두 대 때린다. 그래선 안 된다. 이반.

그리스도가 세상을 두루 다니면서 우리들 어리석은 인간에게 가르쳐 주신 것은 그런 것이 아니다. 상대방이 뭐라 해도 잠자코 있으면 저쪽도 양심의 가책을 받는다고 그리스도는 가르쳐 주셨다. 상대방이 뺨을 때리면 한쪽 뺨을 마저 내밀고, 때릴 만한 이유가 있으면 이쪽 뺨도 때리시오 해야 한다. 저쪽도 양심이 있어 그렇게는 못 할 게다. 그리스도께서 가르치신 것은 바로 이것이지 고집이 아니다. 왜 잠자코 있느냐, 내 말이 틀리느냐?"

이반은 조용히 듣고 있었다.

노인은 한참을 쿨룩거리다가 간신히 기침을 멈추고 말을 이었다.

"너는 그리스도가 우리에게 나쁜 것을 가르치셨다고 생각하느냐? 아니다. 모든 것을 우리를 위해 가르치셨다. 요즘 네 살림살이를 생각해 보아라. 그 플레브나의 전투가 시작된 이래로 살림 형편이 좋아졌는지 나빠졌는지. 소송으로 돈을 얼마나 벌었는지, 아들들이 자라 일을 하게 되었으니 형편이 차차 나아져 재산도 불어나야 할 터인데 오히려 줄어들지 않았느냐.

원인이 뭐라고 생각하느냐? 이도저도 다 네 고집 때문이다. 너는 자식들과 함께 밭을 갈고 씨를 뿌려야 할 때에 악마의 부추김에 넘어가 재판소다 관청이다 뭣이다 하고 돌아다니기만 하니……

밭을 가는 것도 씨를 뿌리는 것도 때를 맞추지 못하면 땅은 아무것도 낳아 주지 않아. 왜 올해는 귀리가 흉작이지? 네가 도대체 언제 귀리를 갈았느냐? 그래, 재판에 이겨서 무슨 덕을 보았느냐? 쓸데없는 짐만 짊어졌을 뿐이지 않느냐. 자기의 생업을 잊어서는 안 된다. 들일도 집안일도 아이들과 같이 땀 흘려 하고, 혹시 누가 화나는 소리를 하더라도 하느님의 말씀대로 용서해 주어라. 그렇게 하면 일은 순조롭게 되어 가고 마음도 편안해질 것이다."

이반은 잠자코 있었다.

"자, 어떠냐. 바니카! 이 늙은 아비의 말을 들어 주지 않겠니? 지금 곧 마차를 몰아 되돌아가서 소송을 취하하고 오너라. 그리고 내일 아침에는 가브릴로에게 가서 하느님의 가르치심대로 화해하고 집으로 데리고 오너라. 내일은 마침 축제일이니 보드카라도 마시면서 이제까지의 잘못을 말끔하게 씻어 버리는 게 좋겠다. 이제 앞으로는 그런 일이 없도록 며느리들에게나 젊은 아이들에게도 잘 타일러 주고 말이다."

이반도 긴 한숨을 내쉬며 과연 아버님이 하시는 말씀이 옳다고 생각했다. 그러자 가슴속의 무거운 짐이 금방 가벼워지는 것 같았다. 그런데 어떻게 화해해야 좋을지 몰랐다.

노인은 아들의 마음을 알아차린 듯이 이렇게 말했다.

"바니카, 어서 가거라. 미뤄서는 안 된다. 불은 처음에 잡지 않으면 나중에는 걷잡을 수가 없게 되는 것이다."

노인은 아직도 할 말이 남은 모양이었으나 끝까지 다할 수 없었다. 아낙네들이 들어와서 참새 떼들처럼 떠들어대기 시작했기 때문이다.

아낙네들은 가브릴로에게 태형 판결이 내렸다는 것도, 가브릴로가 불을 지르겠다고 한 것도 모두 들어서 알고 있었다. 게다가 그녀들은 저 혼자 생각해낸 일까지 덧붙여서 벌써 들판에서 옆집 여인네들과 말싸움까지 벌이고 온 참이었다. 가브릴로의 아내가 예심 판사를 내세워 협박까지 했다는 말도 했다.

분명치는 않으나 예심 판사가 가브릴로의 편을 들고 있으니 머지않아 사태가 뒤바뀔 것이라고 했다. 학교 선생도 직접 황제 폐하에게 이반이 한 짓에 대해 탄원서를 냈는데, 거기에는 마차 굴대에 대한 것에서부터 채마밭 일까지 낱낱이 썼기 때문에 이반의 토지는 이제 곧 옆집 차지가 돼 버릴 거라는 것이다. 그 이야기를 듣는 동안에 이반의 마음은 다시 돌같이 굳어져 가브릴로와 화해하려던 마음은 싹 사라져 버렸다.

농가의 주인은 밖에서 돌보아야 할 일이 많은 법이다. 이반은 아낙네들을 상대로 이야기할 생각이 없어 훌쩍 일어나 밖으로 나갔다. 그리고 타작마당과 헛간을 둘러보았다. 두 곳을 대강 치우고 뒷마당으로 돌아오니 벌써 날이 저물었다. 젊은 아이들이 들일을 마치고 돌아오고 있었다. 봄보리 씨를 뿌리기 위해 밭을 갈고 오는 것이다.

이반은 그들에게 들일에 관해 이것저것 물어 보고 정리하는 것을 거들어 주려고 했으나 이미 날은 저물었다. 이반은 가축들에게 먹이를 주고 마구간에 가 타라스카가 밤일을 하러 가도록 말을 밖으로 끌고나와 매어둔 다음, 마구간의 문을 닫고 빗장을 걸었다.

'이제 저녁을 먹고 자야겠군.'

이반은 말의 망가진 목걸이를 들고 집 쪽을 향해 걸음을 옮겼다.

그때까지는 가브릴로의 일도, 아버지가 하신 말씀도 다 잊고 있었다. 그런데 문고리를 잡아당겨 안으로 들어서려는 순간 울타리 너머로 옆집에서 욕설하는 쉰 목소리가 들려 왔다.

"빌어먹을 녀석! 그런 녀석은 실컷 두들겨 죽여야 해!"

가브릴로가 누군가를 욕하고 있다.

이 말을 들은 이반의 마음속에는 또다시 옆집 주인에 대한 증오심이 불길같이 일어났다. 가브릴로가 욕지거리를 하는 동안 이반은 가만히 서서 듣고 있었다. 가브릴로의 목소리가 들리지 않게 되자 이반은 방 안으로 들어갔다.

등불 아래 젊은 며느리는 한쪽 구석에서 물레를 돌려 실을 잣고, 아내는 저녁 준비를 하고 있었다. 큰 아들은 목피 구두 가장자리를 꿰매고 있고, 둘째 아들은 테이블에 앉아 책을 읽고 있었다. 타라스카는 밤일 나갈 채비를 하고 있었다.

집안은 평온하여 심술궂은 가브릴로만 아니면 더할 나위 없이 즐거운 집안이다. 이반은 화난 듯한 얼굴로 안에 들어가 의자에 웅크리고 앉은 고양이를 집어

던지고 대야를 놓아둔 자리가 다르다고 여자들을 꾸짖었다.

한바탕 그러고 나자 이반은 어쩐지 모든 것이 시들해졌다. 자리에 앉아 씁쓰레한 얼굴로 말의 목걸이를 손보기 시작했으나 가브릴로가 하던 말이 아무래도 머리에서 떠나지 않았다. 재판소에서 으름장을 놓던 얘기, 그리고 방금 누구를 욕하는 소리인지 "두들겨 죽여 버려야지……"하던 목쉰 소리가 귀를 울렸다.

늙은 아내는 타라스카에게 저녁 식사를 차려 주고 있었다. 타라스카는 식사를 마치자 짧은 겉옷 위에 긴 외투를 걸치고 허리띠를 질끈 동여매고 빵을 챙겨 말들이 기다리고 있는 한길로 나갔다.

큰아들이 아우를 배웅하려고 했으나 이반은 자기가 일어나 입구 층계로 나갔다. 이반은 입구 층계를 내려가 아들을 말에 태워주고 그 뒤를 망아지가 쫓아가도록 하였다. 그리고는 한참 거기에 머물러 서서 주위를 바라보았다.

타라스카는 마을의 큰길로 내려가다 동행하는 젊은 이들과 만난 모양이었으나 이윽고 아무 소리도 들리지 않았다.

이반은 문간에서 한참동안 서 있었다. "너도 조심해야 할 걸. 언제 무엇이 홀랑 타 버릴지 누가 알아." 하던 가브릴로의 말이 머리에 달라붙어 떨어지지 않는 것이었다.

'고약한 놈이라 자기 몸이 다친다는 생각은 하지도 않을 거야.'

하고 이반은 생각했다.

'가뭄 때문에 모든 것이 바싹 말라 있는데다 바람까지 불고 있어. 놈이 울타리 뒤로 슬쩍 기어 들어와서 불을 지르고 그냥 도망쳐 버리면, 남의 집을 불사르고도 아무 죄에 걸리지 않을 게 아닌가! 어떻게 해서라도 놈을 꼭 붙잡아야지. 아무렴 놓쳐서는 안 돼!'

이런 생각이 떠오르자 이반은 입구 층계 쪽으로 되돌아가려 하지 않고 곧장 길로 나가 대문 옆으로 해서 모퉁이로 돌아왔다. 놈이 무슨 짓을 할지 모르겠다고 생각한 이반은 마당을 한 바퀴 둘러보기로 작정하고 살금살금 문을 따라 걷기 시작했다.

모퉁이를 돌아 울타리에 붙어서 들여다보니 저쪽 모퉁이에서 무언가 움직인 것 같았다. 마치 누군가가 엿보다가 울타리 모퉁이에 도로 숨어 버린 듯했다. 이반은 발길을 멈추고 숨을 죽였다.

온 정신을 모았으나 주위는 쥐 죽은 듯이 고요했다. 다만 바람이 버드나무 가지를 흔들고 밀짚을 바스락거리게 할 뿐, 눈을 뽑아가도 모를 정도로 온통 캄캄하기만 했다. 차차 눈이 어둠에 익숙해지자 이반의 눈에 기둥과 추녀, 그 밖의 것이 하나씩 보이게 되었다. 한참 서서 보았으나 아무도 없었다.

'내가 잘못 본 모양이군. 그래도 어디 한 바퀴 돌아 보아야지.'

하고 이반은 생각했다.

발자국 소리가 나지 않게 곳간을 따라 걷기 시작했다. 이반은 목피로 만든 신발을 신고 있었고, 한 걸음씩 살피며 걸었으므로 자기의 발소리조차 들리지 않을 정도였다. 모퉁이까지 왔을 때 저쪽 끄트머리 기둥 곁에서 무엇인가 번쩍 빛났다고 생각하는 순간 다시 꺼졌다. 이반은 자기도 모르게 가슴이 철렁 내려앉아 걸음을 멈췄다. 그런데 그 순간 또다시 같은 자리에서 먼저보다 밝은 빛이 타올랐다. 모자를 쓴 한 사나이가 이쪽으로 등을 돌리고 꾸부정하게 굽힌 채 손에 든 짚단에 불을 붙이고 있는 것이 아닌가!

이반의 가슴은 무섭게 뛰기 시작했다. 이반은 아랫배에 힘을 주고 성큼 걸음을 떼어 놓았으나 발이 땅을 밟는지 허공을 나는지 모를 정도였다.

그는 속으로 생각했다.

'좋다. 이번에야말로 놓치지 않는다. 현장을 붙잡을 테다!'

이반이 공터에 다다르기도 전에, 갑자기 그 주위가 눈부실 정도로 밝아지면서 아까처럼 조그만 불꽃이 아니었다. 차양 밑의 밀짚이 확 타올라 지붕으로 뻗치고 있었다. 그곳  에 가브릴로의 전신이 불빛에 완연히 드러나 보였다.

종달새를 덮치는 매처럼 이반은 흐로모이에게 달려들었다.

'이놈, 이번엔 안 놓친다.'

그때 흐로모이도 발소리를 듣고 휙 뒤를 돌아보고는 어디서 그런 힘이 나왔는지 절름거리는(흐로모이는 절름발이란 뜻으로 가브릴로의 별명) 발을 용케 끌며 토끼처럼 깡충깡충 도망쳤다.

"거기 서!"

이반은 소리치며 가브릴로를 뒤쫓았다.

이반이 그의 멱살을 막 잡으려고 하는 순간에 가브릴로는 그 손아귀에서 빠져나갔다. 이반이 외투자락을 붙잡았으나 찢어지는 바람에 넘어지고 말았다. 이반은 벌떡 일어나,

"저놈 잡아라!"

하고 크게 외치며 다시 뛰기 시작했다.

이반이 넘어지는 사이에 가브릴로는 벌써 자기 집

마당으로 들어갔는데 거기까지 이반이 쫓아갔다. 와락 붙잡으려고 하자 불시에 무엇인가로 머리를 세게 맞았다. 아무래도 돌로 맞은 것 같았다. 그러나 그것은 돌이 아니라 가브릴로가 마당에 뒹구는 떡갈나무 몽둥이를 주워 들고 이반이 달려들 때 힘껏 머리에 내리쳤던 것이다.

이반은 정신이 멍해졌다. 눈에서 불이 번쩍 났다고 생각하자 이내 또 주위가 깜깜해져 버렸다. 정신이 아찔하며 머리가 핑 돌았다. 겨우 정신을 차렸을 때는 이미 가브릴로는 없었다. 주위는 대낮같이 환하고, 자기 집 쪽으로부터 마치 기계라도 운전하는 듯이 덜커덩거리는 소리가 나고, 무엇인가 탁탁 튀는 소리도 난다. 이반이 돌아다보니 뒷마당의 곳간이 온통 불덩이가 되어 또 한쪽 곳간으로 옮겨 붙는 중이었다. 불티와 불붙은 짚들이 안채 쪽으로 날아간다.

"아이고, 이게 어떻게 된 일이야!"

하고 외치고 이반은 두 주먹으로 자기 가슴을 마구 쳤다.

"아아, 아까 차양 밑에서 불붙는 짚단을 끌어내어 껐으면 괜찮았을 텐데! 아이고 이게 웬일이냐!"

그는 이 말만 되풀이하였다. 힘껏 소리를 질렀다고 생각하나 숨이 차고 목소리가 나오지 않는다. 달려가려고 해도 다리가 말을 듣지 않고 얽혀들 뿐이다. 천

천히 걸음을 떼어 놓았는데 이리 비틀 저리 비틀 하더니 다시 숨이 막혔다. 한참 멈춰 서서 숨을 돌리고 다시 걷기 시작했다.

겨우 곳간을 한 바퀴 돌아 불난 곳에 닿았을 때는 불이 옮겨 붙은 곳간은 온통 불바다가 되었고, 안채와 대문에까지 불이 붙어서 불길이 뿜어 나오는 바람에 마당은 걸을 수도 없는 지경이다. 많은 사람이 모여들었으나 손을 쓸 방도가 없었다. 부근의 마을 사람들은 자기네의 가재도구를 끌어내기도 하고 가축을 딴 데로 몰아내기도 하였다. 이반의 집도 타기 시작했다. 게다가 바람까지 불어와 한길 건너에도 옮겨붙어 마을의 절반이나 삼켜 버렸다.

이반의 집은 식구들이 옷만 겨우 걸친 채 뛰어나왔을 뿐 몽땅 타고 말았다. 가축들도 밤일을 나간 말을 빼놓고는 전부 타 죽었고, 닭들도 홰 위에서 불타 죽었다. 마차며 쟁기, 써레, 여자들의 옷궤, 뒤주에 간수한 곡식도 모조리 타 버렸다.

가브릴로의 집에서는 그래도 가축들을 몰아냈고 이것저것 더러 꺼낼 수도 있었다.

불은 밤새도록 타올랐다. 이반은 한쪽 구석에 서서 멀거니 자기 집 쪽을 바라보면서 중얼거렸다.

"아, 이게 웬일이란 말인가! 그냥 짚단을 끌어내어 비벼 껐더라면 됐을 텐데……"

안채의 천정이 무너져 내려 앉았을 때 이반은 그곳 한가운데로 뛰어들어 온통 그을린 재목을 안아 끌어내려고 했다. 여자들이 그를 보고 불러내려고 외쳐댔지만 이반은 재목을 끌어내고 다시 들어가 또 하나를 끌어안으려고 했다. 그러나 그대로 비틀비틀 몸을 가누지 못하고 불더미 속에 쓰러졌다.

그때 아들이 뛰어들어가 쓰러진 아버지를 구했다. 이반은 턱수염과 머리칼이 타고 옷도 타서 여기저기 구멍이 나고 두 손에는 화상을 입었지만 자신은 아무것도 느끼지 못하는 모양이었다.

"저 사람, 정신이 나간 거 아냐?"

하고 사람들이 말했다. 불길은 차차 사그라졌으나 이반은 언제까지나 멀거니 서서,

"아이고, 이게 웬일이냐! 그냥 끌어내기만 하면 됐을 텐데……."

하고 되풀이할 뿐이었다. 아침이 되어 마을 촌장이 이반을 부르러 아들을 보냈다.

"이반 아저씨, 아저씨네 할아버지가 돌아가시게 됐

어요. 아저씨를 좀 보시겠대요. 어서 가셔요!"

이반은 아버지의 일을 까맣게 잊어버리고 있다가
갑자기 무슨 말인지 알아듣지 못하는 모양이었다.

"아버지라고? 누가 누굴 부른다고?"

"아저씨를 부르고 있어요. 죽기 전에 한번 보신다
구요. 할아버지는 우리 집에서 지금 돌아가시려고 그
래요. 자, 가셔요, 이반 아저씨."

촌장 아들은 그의 팔을 끌었다. 이반은 촌장 아들
의 뒤를 따라갔다.

노인은 업혀 나올 때 불이 붙은 짚이 떨어져 화상
을 입었다. 그래서 멀리 떨어진 부락에 있는 촌장 집
으로 떠메어져 갔던 것이다. 이 부락은 타지 않았었
다. 이반이 아버지에게로 갔을 때 집 안에는 늙은 촌
장의 아내와 페치카 위의 아이들 밖에 아무도 없었
다. 모두 불구경하러 갔던 것이다.

노인은 촛불을 손에 들고 침대에 누워 문가 쪽을
보고 있었다. 아들이 들어왔을 때 노인은 조금 몸을
움직였다. 노파가 다가가 아들이 왔다고 하자 곁으로
가까이 오도록 해달라고 부탁했다. 이반이 곁으로 다
가가자 노인은 말했다.

"어떠냐, 바니카? 내가 말하지 않았더냐? 누가 이
마을을 태웠느냐?"

불은 놓아두면 끄지 못한다

"그놈이에요, 아버지"

하고 이반은 말했다.

"그놈이에요. 내가 이 눈으로 보았거든요. 내가 보는 앞에서 불이 붙은 짚을 지붕 밑에 밀어 넣었어요. 그때 그냥 불붙은 짚단을 끌어내어 비벼 껐더라면 아무 일 없었을 걸 그랬어요."

"이반!"

하고 노인은 말했다.

"나는 이제 죽을 때가 됐지만 너도 역시 언젠가는 죽는다. 도대체 이건 누구의 죄냐?"

이반은 멀거니 아버지에게 눈길을 쏟은 채 잠자코 있었다.

"하느님 앞에 섰다고 생각하고 말을 해라. 도대체 누구의 죄냐? 내가 네게 뭐라고 하더냐?"

그때 비로소 이반은 잠에서 깨어난 듯한 느낌이 들면서 모든 일에 납득이 갔다.

"이건 제 잘못입니다. 아버지!"

이반은 외치며 아버지 앞에 쓰러져 흐느껴 울기 시작했다.

"아버지, 용서해 주십시오. 저는 아버지께도 하느님께 대해서도 할 말이 없습니다!"

노인은 양손을 움직여 촛불을 왼손에 들고 오른손을 이마로 올려 성호를 그으려고 했으나 거기까지 손이 닿지 않아 단념했다.

"주께 영광 있으라! 주께 영광 있으라!"

고 기도하며 다시금 아들을 바라보았다.

"바니카, 얘, 바니카야!"

"예, 아버지."

"앞으로 어떻게 할 것이냐?"

이반은 자꾸 울기만 했다.

"모르겠습니다, 아버지. 이제 어떻게 살아야 합니까?"

노인은 눈을 감고 온 힘을 집 중하려는 듯이 입술을 옴실거리 다가 이윽고 눈을 뜨고 말했다.

"살아갈 수 있다. 하느님과 같이 산다면 능히 살아간다."

노인은 잠시 입을 다물었다가 빙그레 웃으며 다시 말을 이었다.

"알겠느냐, 바니카. 누가 불을 질렀는지 말해서는 안 돼. 남의 죄를 하나 감싸주면 하느님께서는 나의 죄를 둘 용서해 주신다."

노인은 촛불을 양손으로 받쳐 들고 그것을 가슴께 에 올려놓고 길게 숨을 내쉬었다. 그리고 그대로 세 상을 떠났다.

이반은 가브릴로의 소행을 발설하지 않았으므로 어

떻게 불이 일어났는지 끝내 아무도 몰랐다. 이반에게
서 가브릴로를 미워하는 마음은 사라져 버렸다.

한편 가브릴로는 어찌하여 이반이 자기의 악행을
사람들에게 말하지 않는지 은근히 놀라고 있었다. 처
음 한동안 가브릴로는 이반을 두려워했으나 차차로
그런 마음이 없어졌다. 두 집 가장들이 싸움을 하지
않게 되었으므로 식구들도 서로 싸우지 않게 되었다.

집들을 새로 짓는 동안 두 집 가족은 한 지붕 밑에
서 살았다. 그리고 마을의 집들이 새로 다 지어졌을
때 이반과 가브릴로는 다시 예전의 집으로 돌아가 이
웃이 되었다.

이반과 가브릴로는 아버지 대에서와 마찬가지로 이
웃끼리 정답게 지냈다. 이반 시체르바코프는 불은 애
초에 끄지 않으면 안 된다는, 아버지의 교훈이자 하느
님의 가르침을 마음속 깊이 새겨 두고 잊지 않았다.
혹시 누가 자기를 욕해도 마주 욕하려 하지 않고 그
런 짓을 하지 않도록 일깨워 주려고 노력했다.

이반 시체르바코프는 새로운 사람이 되어 자기 집
여인네들에게나 아이들에게도 그렇게 가르쳤으므로
전보다 더 풍족한 가정을 이루게 되었다.

너희는 내가 주렸을 때에 먹을 것을 주었고

목말랐을 때에 마실 것을 주었으며

나그네가 되었을 때에 따뜻하게
맞아주었고,

헐벗었을 때에 입을 것을 주었고……

사랑이 있는
곳에
신도 있다

사랑이 있는
곳에
신도 있다

어느 거리에 마르틴 아브제이치라는 구두장이가 살고 있었다. 창문이 하나밖에 없는 반지하의 작은 방이 그의 거처였다. 창문은 한길 쪽으로 뚫려 있었다. 그 창 너머로 사람들이 오가는 것이 보였다.

비록 발밖에 보이지 않았지만 마르틴은 그곳에 오래 살았기 때문에 사람들이 신고 있는 구두로 그들을 대번에 알아보았다.

이 근방에서 구두 때문에 한두 번이라도 마르틴의 신세를 지지 않은 사람은 거의 없다고 해도 과언이 아니었다. 구두창을 갈아 댄 것도 있고 헤진 데를 기운 것도 있고 둘레를 다시 꿰맨 것도 있으며 그 중에는 가죽 전체를 새로 간 것도 있다. 그래서 종종 창 너머로 자기의 일감을 보는 적이 많았다.

주문은 많이 있었다. 그것은 마르틴이 정성스럽고, 재료도 좋은 것을 쓰며 삯이 싼데다가 약속을 꼬박꼬

박 지켰기 때문이다. 손님이 원하는 기
한에 할 수 있는 일은 맡고 그렇
지 못한 건 처음부터 거절했
다. 이런 마르틴의 성실함을
모두가 알고 있었기 때문에
일이 끊일 사이가 없었다.

마르틴 아브제이치는 본
래도 착한 사람이었지만 나
이를 먹으면서부터는 자신의 영혼을 생각하게 되어
한결 신께로 가까이 가고 있었다. 마르틴이 아직 도
제로 일하고 있을 때 아내가 죽고 세 살짜리 어린 아
들만 남았다.

그들 부부에겐 그 위로도 아이들이 있었으나 모두
일찍 죽었다. 처음에 마르틴은 이 아들을 시골 누님
에게 맡기려고 생각했으나 측은한 마음이 들었다.

'우리 아기 카피토시카를 다른 집에 맡기다니 얼마
나 가엾은 일이냐, 차라리 내가 데리고 고생하자.'

하고 마음을 고쳐먹었다.

마르틴은 주인 밑에서 떠나 아이와 둘이서 셋방살
이를 했다. 그런데 마르틴의 운명이라고 해야 할지,
카피토시카가 아버지의 심부름이라도 할 만큼 자라
이젠 한결 안정되었다고 여길 즈음에 병으로 앓아 눕
더니 일주일 가량 고열로 신음하다가 세상을 떠나고

말았다.

마르틴은 아들의 장례를 마치고 나자 완전히 실의에 빠졌다. 마르틴은 비참한 마음에 제발 자기를 죽게 해달라고 하느님께 빈 적도 한두 번이 아니었다. 그리고 늙은 자기보다 어린 외동아들을 데려 가신 하느님을 원망하였다. 마르틴은 교회에도 나가지 않게 되었다.

그런데 어느 날, 트로이싸에서 고향 친구가 마르틴을 찾아왔다. 그는 벌써 8년째나 성지순례를 하고 있는 중이었다. 마르틴은 이 친구와 세상 이야기를 주고받다가 자기 신세에 대한 푸념을 늘어놓기 시작했다.

"여보게, 난 이제 산다는 게 싫어졌어. 그저 죽고 싶은 마음뿐이어서 그것만을 하느님께 비는 형편이라네. 난 이제 아무 소망도 없는 인간이 돼 버렸어."

그러자 친구는 말했다.

"마르틴, 그건 잘못 생각하는 거야. 우리는 하느님께서 하시는 일을 이러쿵저러쿵 비판할 수 없어. 무슨 일이든 우리의 지혜로 되는 것이 아니라 하느님의 뜻대로 결정되는 것이니까. 자네 아들은 죽었지만 자네는 살아야 하네. 그것이 하느님의 뜻이네. 그것을 낙심천만하게 생각하는 것은 자네가 자신의 즐거움만을 위해 살려고 하기 때문이야."

"그럼 무엇을 위해 살아야 한다는 겐가?"

하고 마르틴은 물었다.

그러자 친구는 이렇게 말했다.

"하느님을 위해 살아야 해, 마르틴. 하느님께서 허락해 주신 목숨이니까 하느님을 위해 사는 것이 도리 아니겠나. 하느님을 위해서 살면 아무 걱정이 없고 모든 일이 편안하게 생각된다네."

마르틴은 잠자코 있다가 한참 만에 입을 열었다.

"하느님을 위해 산다는 게 도대체 어떻게 사는 건가?"

그러자 친구는 말했다.

"어떻게 사는 것이 하느님을 위해 사는 것인가는 그리스도께서 다 가르쳐 주시네. 자네 글 읽을 줄 알지? 성경을 사서 읽어 보게. 그렇게 하면 하느님을 위해 산다는 일이 어떤 것인지 알게 될 거야. 거기엔 무엇이든 다 씌어 있으니까."

이 말이 마르틴의 마음을 사로잡아 그날로 당장 커다란 활자로 찍힌 신약성서를 사다 읽기 시작했다.

처음에는 주일이나 축제일에만 읽으려 했으나 한번 읽기 시작하자 완전히 빠져들어 눈을 뗄 수가 없었다. 어떤 때는 너무나 골똘하게 읽은 나머지 램프의 기름이 떨어졌는데도 성경에서 눈을 떼지 못할 정도였다. 이렇게 마르틴은 저녁마다 성경을 읽었다.

읽으면 읽을수록 하느님께서 무엇을 말씀하시는지, 하느님을 위해 산다는 게 어떤 것인지를 분명히 알게 되어 마음은 더욱더 가벼워졌다. 전에는 잠자리에 누워서도 꺼질 듯 한숨만 쉬며 줄곧 카피토시카의 일만을 생각했으나 지금은 오로지 이렇게 기도드릴 뿐이었다.

"하느님, 감사합니다! 감사합니다! 모든 것을 당신의 뜻에 맡기오니 주관하여 주옵소서!"

그 후로 마르틴의 생활은 완전히 달라졌다. 전에는 축제일 같은 때 빈둥빈둥 놀러나 다니고 음식점에 들어가 차나 보드카를 마시며 시간을 보냈다. 아는 사람과 술 한잔을 들이키면 별로 취하지 않았는데도 공연히 잔소리를 늘어놓거나 호통을 치고는 했다. 그런데 이제는 그런 일이 전혀 없었다. 조용하고 만족스러운 나날이 흘러갔다.

아침 일찍 작업을 시작하여 정한 시간만큼 일하면 램프를 걸쇠에서 벗겨 테이블 위에 놓은 다음, 벽장에서 성경을 꺼내어 어제 읽던 페이지를 펼쳐 놓고 이어서 읽기 시작했다. 읽으면 읽을수록 그 뜻을 깨우치게 되어 마음속이 더욱 밝아지고 즐거워졌다.

여느 날과 마찬가지로 마르틴은
그날 밤도 늦게까지 골똘히 성경
을 읽고 있었다. 마침 루가복
음을 읽는 중이었다. 제6장에
서 '누가 네 뺨을 치거든 다
른 뺨도 돌려 대고, 누가 네
겉옷을 빼앗거든 속옷까지도
주어라. 네게 구하는 사람에게는 주고, 누가 네 것을
빼앗거든 도로 찾으려고 하지 말라. 너희는 남에게
대접을 받고자 하는 대로 남을 대접하라.' 는 대목을
읽고 다시 다음 구절을 읽었다.

'나더러 "주여, 주여"하면서 왜 내 말은 실행하지
않느냐. 내게 와서 내 말을 듣고 그대로 행하는 사람
이 어떠한 사람과 같은지 보여 주겠다. 그는 마치 땅
을 깊이 파고 반석 위에 기초를 놓고 집을 지은 사람
과 같다. 홍수가 나서 물살이 그 집을 들이치더라도
그 집은 무너지지 않는다. 잘 지은 집이기 때문이다.
그러나 내 말을 듣기만 하고 행하지 않는 사람은 기
초 없이 땅 위에 집을 지은 사람과 같다. 물살이 들
이치면 곧 집이 무너져 여지없이 파괴되고 말 것이
다.'

이 말씀을 읽은 마르틴은 마음속에 더욱 큰 감동을
느꼈다. 안경을 벗어 성경 위에 놓고 테이블 위에 팔

꿈치를 괴고 생각에 잠겼다. 그리고 자기가 이제까지 해온 일들을 이 말씀에 견주면서 혼자 생각하였다.

'내 집은 어떤가. 반석 위에 서 있는가, 모래 위에 서 있는가? 반석 위에 서 있으면 얼마나 좋을까. 실로 홀가분한 마음으로 이렇게 혼자 앉아 있으면 모든 일을 하느님의 지시대로 할 것 같은 마음이 들지만 어쩌다 그만 죄를 짓게 되니, 참. 그래도 더욱 열심히 하자. 아아, 참으로 유쾌하다! 원하옵건대 하느님, 제게 힘을 주옵소서!'

마르틴은 여기까지 생각하고 그만 자려고 했으나 그래도 쉽사리 성경을 덮을 수가 없어 다시 제7장을 읽었다. 백부장의 이야기를 읽고, 과부 아들의 이야기를 읽고, 요한이 제자에게 대답한 대목을 읽고, 그리고 마침내 부자 바리새인이 그리스도를 자기 집에 초대한 대목까지 읽었다. 그리고 다시 죄 많은 여자가 그리스도의 발에 향유를 바르고 그 위에 눈물을 뿌리니 그리스도가 그 죄를 용서했다는 이야기도 읽었다. 제44절에는 이런 구절이 있었다.

'여인을 돌아보시며 시몬에게 말씀하셨다. 이 여인을 보아라. 내가 네 집에 들어왔을 때 너는 내게 발 씻을 물도 주지 않았다. 그러나 이 여인은 눈물로 내 발을 적시고 머리카락으로 닦았다. 너는 내게 입 맞추지 않았으나 이 여인은 들어와서부터 끊임없이 내

발에 입 맞추었다. 너는 내 머리에 기름을 발라 주지 않았으나 이 여인은 내 발에 향유를 발라 주었다.'

이 구절을 읽고 마르틴은 생각했다.

'발 씻을 물도 주지 않고 입 맞추지 않고 머리에 기름도 발라 주지 않고……'

마르틴은 다시 안경을 벗어 성경 위에 놓고 생각에 잠기는 것이었다.

'아무래도 내가 그 바리새인과 같았던 모양이야……. 오로지 나 자신만 생각해 왔어. 차를 마시고 싶다든지 따스하고 깨끗한 옷을 걸치고 싶다는 따위의 일만 생각하고 손님을 위한 생각은 별로 하지 않았어. 오직 나만을 위주로 손님의 일 같은 건 아무래도 좋았었지. 그런데 손님은 누군가? 다름 아닌 하느님이야. 만약 하느님께서 나를 찾아오시면 나는 대체 어떻게 할 것인가?'

마르틴은 턱을 괴고 생각에 잠겨 있다가 어느 사이엔가 깜빡 잠이 들어 버렸다.

"마르틴!"

문득 누군가가 등 뒤에서 부르는 소리가 들려 왔다.

마르틴은 놀라며 고개를 돌려 문 쪽을 바라보았으나 아무도 없었다. 도로 몸을 굽혀 테이블에 엎드리자 갑자기 또렷이 말하는 소리가 들려 왔다.

"마르틴, 마르틴아! 내일 한길을 내다보아라. 내가 갈 것이다."

마르틴은 의자에서 일어나 눈을 비비기 시작했다. 꿈결에서 그 말소리를 들었는지 깨어서 들었는지 갈피를 잡을 수 없었던 것이다.

이튿날 아침, 마르틴은 아직 날이 새기도 전에 일어나서 하느님께 기도드리고 난로에 불을 지펴 국과 보리죽을 끓인 다음 주전자를 올려놓고 나서 앞치마를 두르고 창가에 앉아 일을 시작했다.

마르틴은 일을 하면서도 마음속으로 어젯밤 일을 생각하고 있었다. 그냥 꿈을 꾸었던 것 같기도 하고, 정말로 그런 목소리가 들렸던 것 같기도 하였다.

'뭐, 이런 일은 흔히 있는 일이니까.'

하고 그는 생각했다.

창가에 앉은 마르틴은 일을 하기보다 창 너머로 한길을 내다보는 시간이 더 많았다. 낯선 구두를 신고 지나가는 사람이 있으면 몸을 구부려 밖을 내다보면서 구두뿐 아니라 얼굴도 보려고 애썼다.

새로 지은 가죽신을 신은 정원지기가 지나가는가 하면 지게를 진 일꾼도 지나갔다. 그 뒤로 여기저기를 기운 낡은 장화를 신은 니콜라이 1세 시절의 늙은

병사가 삽을 손에 들고 창문
앞으로 다가왔다. 마르틴
은 장화를 보고 곧 그를
알아보았다.

이 늙은 병사는 스테
파니치라고 불렸는데 옆
집 상인이 인정상 그를 데리
고 있었다. 정원지기의 일을 도와
주는 것이 그의 일이었다. 스테파니치는 마르틴의 바
로 눈앞에서 길의 눈을 치우기 시작했다. 한참 동안
그 모습을 바라보고 있다가 마르틴은 다시 일을 하기
시작했다.

"아무래도 내가 이젠 늙어서 노망이 든 모양이야."
하고 마르틴은 혼자 웃었다.

"스테파니치가 눈을 치우고 있는데 그리스도가 내
게 오신 게 아닌가 하고 생각하니 말이야. 이젠 아주
정신이 나갔어."

하지만 몇 바늘 꿰매고서는 마음이 다시 창밖으로
끌리는 것이었다. 창 너머로 바라보니 스테파니치는
삽을 벽에 기대어 놓고 볕을 쬐며 쉬고 있었다. 이젠
늙어서 눈을 치울 기력도 없는 모양이었다. 마르틴은
생각하였다.

'저 사람에게 차라도 대접할까? 마침 주전자의 물

도 끓었으니······.'

바늘을 일감에 찌르고 자리에서 일어났다. 주전자를 테이블 위에 올려놓고 차를 준비한 다음 손가락으로 창문 유리를 똑똑 두드렸다. 스테파니치가 돌아다보며 창가로 다가왔다. 마르틴은 손짓을 하여 그를 부르고는 문을 열러 갔다.

"들어와 몸 좀 녹이지그래?"

마르틴이 말했다.

"몸이 꽤 얼었겠네."

"아이고, 고맙네. 온몸의 뼈마디가 쑤시는구먼."

스테파니치가 대답했다.

스테파니치는 들어오자 마룻바닥에 발자국이 나지 않도록 장화에 묻은 눈을 털어내려고 하는데 순간 몸이 휘청거렸다.

"닦지 않아도 돼. 이리 줘, 내가 털 테니. 나야 늘 하는 일이니까. 자, 어서 이쪽으로 와서 앉게나."

마르틴이 말했다.

"자, 차나 마시게."

마르틴은 두 개의 잔에 차를 따라 하나를 그에게 권하고 자기 찻잔을 들어 후후 불며 마시기 시작했다.

스테파니치는 다 마시고 잔을 엎어 놓고는 그 위에 먹던 설탕을 올려놓으며 잘 마셨다고 고마워했다. 그런데 어쩐지 아쉬운 듯한 표정이었다.

"한잔 더 마시게."

마르틴은 자기 잔과 그의 잔에 다시 차를 가득히 따랐다. 그런데 차를 마시면서도 눈길은 자주 한길 쪽으로 쏠리곤 했다. 그러자 스테파니치가 물었다.

"자네, 기다리는 사람이라도 있나?"

"누굴 기다리느냐고? 누굴 기다리는지 부끄러워 말을 못 하겠구먼. 기다리는 것도 아니고 기다리지 않는 것도 아니지만 얼핏 들은 한마디가 기억에 남아서 말이지. 꿈인지 생시인지 잘 모르겠는데, 어젯저녁에 나는 성서를 읽고 있었지. 그리스도가 이 세상 여러 곳을 다니며 고생한 이야기를 말이야. 자네도 물론 읽거나 들었겠지만."

"듣기는 들었지. 나야 배우지 못해서 글을 읽을 줄 모르잖나."

"그런데 그리스도가 말이야, 바리새인 집에 오셨는데 바리새인이 변변히 대접도 하지 않았다는 대목을 읽었거든. 헌데 나는 엊저녁에 그 구절을 읽고 생각하지 않을 수가 없었어. 그리스도를 대접하지 않다니

될 말인가? 그렇지만 혹시 만에 하나라도 내게든가 또 다른 누구에게 오신 일이 있다면 어떤 대접을 했는지 알 게 뭐야. 어쨌든 그 바리새인은 대접다운 대접을 하지 않았어.

이런 일을 생각하는 동안에 나는 가물가물 잠이 들었지. 그렇게 졸고 있는데 나를 부르는 소리가 들리지 않겠나? 일어나 귀를 기울이니 분명히 누군가가 조그만 목소리로 '기다려라, 내가 내일 갈 것이다.' 하는 거야. 그것도 두 번이나 되풀이해서 말이야. 그래, 그 말이 아직도 생생해서 아무리 스스로 타일러도 그리스도의 방문이 기다려지네그려."

스테파니치는 머리를 저을 뿐 아무 말 않고 남아 있는 차를 마저 마시고 잔을 놓았다. 마르틴은 다시 그 잔에 가득 차를 따랐다.

"자, 기운 나도록 한 잔 더 마시게. 내가 생각하건대 그리스도도 이 세상을 두루 돌아다니셨을 때는 이런 사람 저런 사람 가리지 않고 신분이 낮은 사람들을 오히려 더 보살펴 주셨을 걸세. 언제나 가난한 사람들을 상대하시고 제자도 우리네와 같이 죄 많고 막일 하는 사람들 가운데서 선택하셨지. 마음이 교만한 자는 낮아지고 마음이 가난한 자는 오히려 올리실 거라고 말씀하셨으니까. '너희는 나를 주님이라고 부르며 섬기지만 나는 너희의 발을 씻어준다. 우두머리가 되고 싶은 자는 모든 사람의 하인이 되라.' 고도 말씀하셨네. 마음이 가난하고 겸손하며 인정이 있는 자가 행복하다고 말씀하셨지."

스테파니치는 차 마시는 것도 잊었다. 가만히 앉아 듣고 있는 그의 뺨엔 눈물이 흐르고 있었다.

"한 잔 더 들고 가게나."

마르틴이 다시 말했으나 스테파니치는 가슴에 성호를 긋고 인사말을 한 다음 잔을 밀어 놓으며 일어섰다.

"고맙네, 마르틴 아브제이치. 정말 잘 마셨네. 덕분에 몸도 마음도 훈훈하게 녹았어."

"종종 들러주게나. 나는 손님이 찾아오는 걸 좋아하니까."

스테파니치가 나갔다. 마르틴은 남은 차를 따라 마시고 찻잔을 치운 다음 창가로 돌아가 구두의 뒤꿈치를 꿰매기 시작했다. 꿰매면서도 역시 창밖을 바라보며 연신 그리스도의 왕림을 고대하고 그리스도의 일, 그리스도의 행적만을 생각하였다. 머릿속에는 그리스도가 하신 말씀들로 꽉 들어차 사라지지 않았다.

창밖으로 두 명의 병사가 지나가고 있었다. 한 사람은 군화를, 다른 한 사람은 구두를 신고 있었다. 그 뒤로 이웃집에 살고 있는 주인이 반짝반짝 윤이 나는 방한용 덧신을 신고 지나가고, 또 바구니를 옆에 낀

빵가게 주인이 지나갔다.

이번에는 털실로 짠 긴 양
말에 낡은 신발을 신은 여
자가 창문 앞으로 다가왔
다. 그리고 창문 옆 바로
벽에서 발을 멈췄다. 마르
틴이 창 너머로 고개를 돌려
바라보니 다른 마을에서 온 듯
한 여인네가 허술한 차림새로 아
기까지 안고 서 있었다. 그녀는 바람을 등지고 벽과
마주 서서 아기가 춥지 않도록 감싸주려 하는 모양이
었으나 감쌀 만한 것이 아무것도 없었다. 여자가 입
고 있는 옷은 얇은 여름옷이었다.

마르틴이 가만히 들어보니 여자가 우는 아기를 달
래려고 애쓰는 모양이었으나 아기는 울음을 그치지
않고 있었다. 마르틴은 일어나서 밖으로 나가 입구
돌층계 위에서 커다란 소리로 불렀다.

"아주머니! 아주머니!"

여자는 그 소리를 듣고 뒤로 돌아보았다.

"여보시오. 이런 추위에 왜 거기서 아기를 울리고
있소? 안으로 들어오시오. 따뜻한 곳이 어린애 달래
기에 좋겠소. 어서 이리로 들어오시오!"

여자는 깜짝 놀라는 모양이었으나, 앞치마를 두르

고 안경을 쓴 노인이 자기더러 안으로 들어오라고 부르자 잠시 망설이다 그를 따라갔다. 돌층계를 내려가 안으로 들어가자 마르틴은 여자를 침상으로 안내했다.

"자, 아주머니. 여기 앉아요, 페치카 가까이로. 몸을 녹이면서 아기에게 젖을 주도록 해요."

"젖이 나오지 않아요. 아침부터 아무것도 먹지를 않아서요."

여자는 그렇게 말하면서도 아기에게 젖을 물렸다.

마르틴은 딱한 듯 혀를 차며 테이블로 가서 빵과 접시를 꺼내더니 페치카 뚜껑을 열고 수프를 꺼내 접시에 따랐다. 보리죽이 든 항아리를 꺼내보았으나 아직 덜 쑤어져 있었다. 그래서 수프만 식탁 위에 놓았다. 그리고 못에 걸린 수건을 벗겨 식탁 위에 펼쳐놓고 빵을 올려놓았다.

"아주머니, 여기 앉아서 어서 먹어요. 아기는 내가 안고 있을 테니까. 나도 예전에 자식이 있어서 아기는 좀 볼 줄 알지."

여자는 식탁에 앉더니 가슴에 성호를 긋고는 먹기 시작했다.

마르틴은 아기가 있는 침상에 걸터앉았다. 아기를 달래려고 열심히 입술을 오므려 소리를 내려고 했으나 이가 없어 잘되지 않았다. 아기는 자꾸만 울어 댔다. 그래서 마르틴은 입가에 손가락을 갖다 대고 이

리저리 놀려 대며 달랬다.
입 속에 손가락이 들어가
지 않도록 아주 조심을 하
였다. 아교가 묻어서 손이
꺼멓게 더럽혀져 있었기 때문이다. 아기는 손가락을
바라보는 동안에 울음을 그치고 이윽고 웃게 되었다.
마르틴도 좋아서 웃었다.

여자는 식사를 하면서 자기의 신세를 한탄하기 시
작했다.

"제 남편은 병사인데 여덟 달 전에 어디론가 멀리
전속되었어요. 그런 뒤로 통 소식이 없답니다. 저는
어느 집 하녀로 들어간지 얼마 안 돼 이 아이를 낳았
지요. 그러자 아기가 있으면 일을 하지 못한다고 일
거리를 주지 않았어요. 벌써 석 달째나 일 없이 지내
고 있답니다.

입고 있던 옷가지도 다 팔아 이젠 유모로라도 들어
갔으면 싶지만 그런 자리도 없군요. 너무 말라서 젖
이 잘 나오지 않을 거라는 거예요.

지금도 어느 장사하는 집 아주머니에게 갔다 오는
길이예요. 그 집에 저희 마을 여자가 들어가 사는데
저를 써주겠다고 했다는 거예요. 그래서 저는 이야기
가 다된 줄 알고 갔더니 다음 주에 다시 오라는 군
요. 그런데 그 집이 어찌나 먼지, 저도 지쳐서 쓰러

질 지경이지만 아기도 몹시 힘들었나 봐요. 다행스럽게도 지금 있는 집 주인 아주머니가 하느님을 믿는 사람이고 우리 모자를 불쌍하게 여겨주셨기에 망정이지 그렇지 않았더라면 어떻게 살아갈 뻔 했는지."

마르틴은 긴 한숨을 내쉬면서 말했다.

"따뜻한 옷은 없소?"

"이제 따뜻한 옷을 입어야 할 때가 되었는데, 바로 어제도 하나밖에 없는 목도리를 이십 코페이카를 받고 저당을 잡혔지요."

그녀는 침상으로 돌아와 아기를 안았다. 마르틴은 일어나 벽으로 가더니 한참을 무엇인가 부스럭거리며 찾다가 이윽고 소매 없는 낡은 외투를 들고 왔다.

"이걸로 어떻게 안 되겠소? 다 낡았지만 그래도 아기를 감쌀 만할 거요."

여자는 소매 없는 외투와 노인을 번갈아 보다가 그만 울음을 터뜨렸다. 마르틴도 얼굴을 돌렸다.

그녀가 말했다.

"할아버지, 고맙습니다. 하느님께서 복을 내려주실 겁니다. 아무래도 주님께서 저를 할아버지의 창문 앞으로 보내신 모양입니다. 하마터면 이 아이를 얼어 죽일 뻔했어요. 집을 나섰을 때는 따뜻했는데 갑자기 추워지더군요. 이것은 주님께서 할아버지를 창가에 앉게 하셔서 저의 가엾은 모습을 보고 측은히 여기도록 만드신 게 틀림없어요."

마르틴은 빙그레 웃으며 말했다.

"과연 그리스도가 나를 저기 앉아 있게 하셨소. 사실 내가 창밖을 내다보고 있었던 것은 공연히 그랬던 게 아니었지요."

마르틴은 병사의 아내에게도 주님께서 오늘 자기에게로 오시겠다고 약속한 일을 들려주었다.

"어떤 일이든 다 있을 수 있는 일이지요."

이렇게 말하며 여자는 일어나 소매 없는 외투를 입고 그 속에 아기를 감싸 안고 다시 허리를 굽혀 마르틴에게 인사했다.

"자, 그리스도의 이름으로 이것을 받으시오."

마르틴은 여자에게 이십 코페이카를 주었다.

"이것으로 목도리를 찾아 두르도록 해요."

여자는 성호를 그었다. 마르틴도 성호를 그으며 여자를 배웅했다.

여자가 떠나자 마르틴은 수프 접시를 치운 다음 다시 일감을 손에 잡았다. 일을 하면서도 창밖을 내다보는 것을 잊지 않았다. 창문이 그늘지면 얼른 고개를 들어 누가 지나가나 하고 보는 것이다. 아는 사람도 지나가고 모르는 사람도 지나갔으나 별달리 이렇다 할 일은 없었다.

문득 창밖을 바라보니 마르틴의 창문 바로 앞에 한

할머니가 사과가 담긴 바
구니를 들고 서 있었다.
거의 다 팔았는지 나머지
는 얼마 되지 않았다. 그
대신 나무 조각들이 든
자루를 어깨에 메고 있었
다. 아마 어딘가의 공사장에서 주워 집으로 가지고
돌아갈 모양이었다. 그런데 어깨가 아파서 다른 쪽
어깨에 바꿔 메려고 자루를 길 위에 내려놓고 사과
바구니를 말뚝에 걸어 놓은 채 자루 속의 나무 조각
들을 추슬렀다.

그때 자루를 들어 올리려는 순간 어디서 나타났는
지 찢어진 모자를 쓴 사내아이가 불쑥 튀어나와 바구
니의 사과 한 개를 훔쳐 가지고 그대로 내빼려고 했
다. 할머니는 재빨리 눈치를 채고 곧 돌아서서 사내
아이의 옷소매를 꽉 움켜잡았다. 사내아이는 마구 발
버둥치며 할머니의 손을 뿌리치려고 했으나 할머니는
두 손을 꽉 잡고 사내아이의 모자를 벗기더니 머리칼
을 움켜잡았다. 사내아이는 마구 소리를 질러댔고 할
머니는 욕을 퍼부어댔다.

마르틴은 바늘을 어디에 찔러 놓을 겨를도 없이 마
룻바닥에 내동댕이치고 문 밖으로 뛰어나갔다. 층계
에 발이 걸려 안경이 바닥에 떨어졌다. 마르틴이 한

길로 뛰어나갔을 때 할머니는 사
내아이의 머리칼을 잡고 욕을
하면서 경찰서에 끌고 가려
는 참이었다. 사내아이는
죽을힘을 다하여 발버둥치
며 소리 질렀다.

"난 훔치지 않았어요. 왜
때려요, 이거 놔요!"

마르틴이 할머니를 말리면서
사내아이의 손을 잡고 말했다.

"할머니, 놓아 주세요. 그리스도의 이름으로 용서
해 주세요!"

"놓아 주는 건 나중이고 앞으로 다시는 이런 짓 못
하게 경찰서에 끌고 가서 혼 좀 나야 해!"

마르틴은 할머니를 달랬다.

"그만 놓아 주시구려. 다시는 그러지 않겠죠. 그리
스도의 이름으로 놓아 주세요."

할머니는 손을 놓았다. 사내아이가 도망치려 하는
것을 마르틴이 얼른 붙잡아 세우며 말했다.

"할머니께 잘못했다고 빌어라. 이제 다시 나쁜 짓을
해선 안 돼! 네가 사과 꺼내는 걸 나도 다 보았다."

사내아이는 훌쩍훌쩍 울면서 빌었다.

"음, 이제 됐다. 자, 이 사과 가지고 가거라."

하고 마르틴은 바구니에서 사과 하나를 집어 사내아이에게 주었다.

"할머니, 값은 내가 치르지요."

하고 할머니에게 말했다.

"공연한 짓을 해서 아이들 버릇을 그르치지 말아요. 저런 애들은 한 일주일쯤 엉덩이를 바닥에 못 댈 정도로 혼을 내줘야 하는데."

할머니는 말했다.

"아니에요, 할머니. 그거야 물론 우리네들의 생각이지만 주님의 뜻은 그게 아니거든요. 사과 한 알 때문에 이 아이를 때려야 한다면 이 죄 많은 우리는 도대체 어떤 벌을 받아야 하나요?"

노파는 잠자코 아무 대답이 없다.

마르틴은 할머니에게 한 가지 이야기를 들려주었다. 주인이 마름에게 큰 빚을 탕감해주었는데 그 마름은 그길로 가서 자기에게 빚을 진 사나이를 괴롭히기 시작했다는 이야기였다. 할머니는 가만히 듣고 있었다. 사내아이도 말없이 서서 듣고 있었다.

"주님께서는 죄를 용서하라고 말씀하셨지요. 그렇지 않으면 우리도 죄를 용서받을 수 없지 않겠어요? 어떤 사람이라도 용서해 주어야 하거늘, 하물며 철없는 어린아이는 더욱 그렇지요."

마르틴은 열심히 말했다.

할머니는 고개를 끄덕이며 긴 한숨을 내쉬었다.

"그야 그렇지만 요즘 아이들은 너무나 버릇이 없어서……."

"그러니까 우리들 늙은이가 가르쳐야지요."

"그래요."

하고 할머니는 대꾸했다.

"나도 일곱이나 아이들을 낳았지만 지금은 딸 하나밖에 남지 않았다오."

그러면서 딸과 함께 어느 마을에서 살고 있는지, 외손자가 몇이나 되는지 등의 이야기를 하기 시작했다.

"나도 이제 기운은 없지만 그래도 일을 하고 있다오. 어린 손자들이 가엾어서 말이에요. 그것들이 모두 어찌나 착한지 내가 돌아가면 모두 나와서 맞아준답니다. 글쎄, 아크슈트카 그놈은 내 곁을 떠나지 않고 항상 졸졸 따라다니지요. '할머니, 우리 할머니가 난 젤 좋아!' 하면서 말이에요."

할머니는 완전히 마음이 풀어졌다.

"너도 물론 철없는 생각에 그런 짓을 했겠지."

하고 할머니는 사내아이를 보며 말했다.

노파가 자루를 들어 올리려고 하자, 사내아이가 재빨리 나서며 말했다.

"제가 들어다 드릴까요, 할머니? 같은 방향이니까요."

노파는 고개를 끄덕이며 자루를 사내아이의 어깨에 올려 주었다. 이렇게 하여 두 사람은 어깨를 나란히 하고 걸어갔다. 노파는 마르틴에게 사과 값 받는 것도 잊어버린 채였다.

마르틴은 우두커니 서서 두 사람의 뒷모습을 바라보며 그들이 걸어가면서 무슨 이야기를 나누는지 귀를 기울였다.

두 사람이 시야에서 사라지자 마르틴은 집안으로 들어왔다. 층계에 떨어져 있는 안경을 주워 보니 깨진 데가 없었다. 바늘을 찾아 들고 다시 일감을 붙잡았다. 골똘히 일을 하는 사이에 어느덧 날이 저물어 바늘구멍이 잘 보이지 않았다. 벌써 점등하는 사람이 가스등을 켜기 위해 돌아다니고 있었다.

마르틴은 불을 켜기 위해 일어섰다. 램프에 불을 댕겨 고리에 걸고 다시 일을 시작했다. 한쪽 장화 일을 끝내고 이리저리 살펴보니 상당히 잘 꿰매졌다. 도구를 치우고 가죽 부스러기를 쓸어낸 다음 실과 바늘을 정리하고 램프를 떼어 테이블 위에 놓고는 벽장에서 성경을 꺼냈다.

어제 저녁에 가죽 책갈피를 끼워 놓은 곳을 펼치려고 하는데 다른 페이지가 펼쳐졌다. 마르틴은 성서를 읽자 어제의 꿈이 생각났다. 꿈이 되살아나는  동시에 무엇인가 부스럭거리는 소리가 들려 왔다.

마르틴이 뒤를 돌아다보니 어두컴컴한 구석에 사람이 서 있었다. 확실히 사람은 사람인데 누군지 알 수가 없었다. 그때 귓전에서 속삭이는 목소리가 들렸다.

"마르틴, 마르틴. 너는 나를 알아보지 못했느냐?"

"누구를 말인가요?"

마르틴이 물었다.

"나 말이다. 아까는 나였느니라."

목소리가 말했다.

그러자 어두운 구석에서 스테파니치가 앞으로 나오더니 빙그레 웃으면서 형체도 그림자도 없이 사라져 버렸다.

"그들도 나였다."

하고 목소리가 말했다.

그러자 어두운 구석에서 아기를 안은 여자가 나타났다. 여자와 아기가 빙그레 웃고는 역시 사라져버렸다.

"그들도 나였다."

목소리가 또 말했다.

그리고는 할머니와 사과를 가진 사내아이가 나와서 둘이 같이 빙그레 웃으며 사라졌다.

마르틴은 마음이 몹시 기뻤다. 성호를 긋고 성경이 펼쳐진 곳을 읽기 시작했다. 페이지의 첫머리에 이렇게 씌어 있었다.

'너희는 내가 주렸을 때에 먹을 것을 주었고 목말랐을 때에 마실 것을 주었으며 나그네가 되었을 때에 따뜻하게 맞아주었고, 헐벗었을 때에 입을 것을 주었고……'

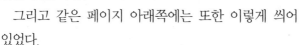

그리고 같은 페이지 아래쪽에는 또한 이렇게 씌어 있었다.

'내 형제 중에 가장 보잘것없는 사람 하나에게 한 것이 곧 내게 한 것이다.' (마태오 복음 제25장)

그제야 마르틴은 깨달았다. 꿈은 헛되지 않아 이날 어김없이 그리스도가 자기에게로 오셨고 자신이 그분을 모셨다는 것을.

톨스토이 (Lev Nikolaevich Tolstoy 1828~1910) 러시아 시인, 소설가

톨스토이는 1828년 남러시아 야스나야 폴랴나에서, 명문 백작가의 넷째 아들로 태어나 어려서 부모를 잃고 친척집에서 자랐다. 16세 때 카잔대학에 입학하였으나 1847년 대학교육에 회의를 느껴 학교를 중퇴한 뒤 새로운 농업 경영과 농노 계몽을 위해 고향으로 돌아와 영지 내 농민생활의 개선을 위해 노력하였으나 실패로 끝났다. 이후 삼 년간 방탕한 생활을 하다 군인인 형을 따라 카프카스로 가서 군에 입대를 한다. 《유년시절》《습격》《삼림벌채》《세바스토폴 이야기》 등은 군 복무 중에 씌어졌는데 여러 작품들이 사실주의 수법으로 문단의 주목을 받는다. 1855년 군에서 제대할 무렵에는 청년작가로서의 지위를 확고히 굳힌다. 1861년 2월의 농노해방령 포고에 강한 불신을 품고 농지조정원이 되어 농민들의 권익을 옹호하며 자연에 바탕을 둔 농민교육에 힘을 쏟는다. 1862년 결혼한 후 작품 집필에 전념하여 《코사크》《전쟁과 평화》《안나 카레니나》 등 대작을 발표하여 작가로서의 명성을 누린다. 이때부터 삶에 대한 회의에 시달리며 정신적 위기를 겪는다. 원시 기독교 사상에 몰두하면서 사유재산 제도와 러시아 정교를 비판하며 술 담배를 끊고 손수 밭일을 하며 빈민 구제 활동을 한다. 1899년 발표한 《부활》에 러시아 정교를 모독하는 표현이 들어 있다는 이유로 종무원에서 파문을 당한다. 사유재산과 저작권 포기 문제로 시작된 아내와의 불화로 고민하던 중 주치의 마코비츠키와 함께 가출한다. 1910년 11월 20일 랴잔 야스타포보 역장의 관사에서 폐렴으로 생을 마감한다.

주요 작품으로는 《유년시대》《소년시대》《청년시대》《세바스토폴 이야기》《카자흐 사람들》《전쟁과 평화》《안나 카레니나》《참회록》《이반 일리치의 죽음》《어둠의 힘》《크로이체르 소나타》《신의 나라는 당신 안에 있다》《예술이란 무엇인가》《부활》 등이 있다.

국어과 선생님이 뽑은

한국 문학 읽기
한국 고전 읽기
세계 문학 읽기